中学生语文配套阅读经典

艾青诗精选

名师导读＋阅读测评

艾青 著

中小学生阅读素养提升研究小组 主编

执行主编：丁之境 编委：李欢 李科良 罗凯媛 李烨梦 邓雪芹

SPM 南方传媒 | 花城出版社

中国·广州

图书在版编目（C I P）数据

艾青诗精选 / 艾青著. -- 广州 : 花城出版社, 2023.1
（中学生语文配套阅读经典）
ISBN 978-7-5360-9570-0

Ⅰ. ①艾… Ⅱ. ①艾… Ⅲ. ①诗集—中国—当代 Ⅳ. ①I227

中国版本图书馆CIP数据核字(2022)第160682号

出 版 人：张　懿
策划编辑：陈宾杰　邓　如
责任编辑：王铮锴
技术编辑：凌春梅
装帧设计：林　希

书　　名	艾青诗精选 AIQING SHI JINGXUAN
出版发行	花城出版社 （广州市环市东路水荫路 11 号）
经　　销	全国新华书店
印　　刷	佛山市浩文彩色印刷有限公司 （广东省佛山市南海区狮山科技工业园 A 区）
开　　本	787 毫米 × 1092 毫米　16 开
印　　张	12.75
字　　数	189,000 字
版　　次	2023 年 1 月第 1 版　2023 年 1 月第 1 次印刷
定　　价	39.00 元

如发现印装质量问题，请直接与印刷厂联系调换。
购书热线：020－37604658　37602954
花城出版社网站：http://www.fcph.com.cn

前言

2022年4月，《义务教育语文课程标准（2022）》（以下简称“语文课程标准”）正式颁布，对初中语文学习提出了提纲挈领的意见。语文课程标准设置了基础型、发展型和拓展型三种学习任务群。其中拓展型学习任务群提出了要引导学生运用多种方法进行整本书阅读，分享阅读心得，积累整本书阅读经验，养成良好阅读习惯，提高整体认知能力，丰富精神世界。

阅读是学好语文的源头活水，在中小学语文教学中具有不可替代的作用。统编版语文教材主编温儒敏教授曾在多个场合强调，名著阅读是为学生人生“打底子”的需要，提高学生阅读兴趣是语文教学的“牛鼻子”，提倡要引导学生“连滚带爬”地读书。

为了切实贯彻语文课程标准的指导精神，帮助学生提高阅读素养，我们组织了几十位语文教育专家和名师，精心打造了这套丛书。我们精心编写的这套丛书具有以下特点：

紧扣语文课程标准，全力服务语文教学

语文课程标准的目标中提出，七到九年级应每年阅读两三部名著，并根据阅读进度完成读书笔记，针对作品的语言、人物形象、主题等方面的话题展开研讨。统编版语文教材每册各安排两次名著导读，每次主推一部名著，推荐课外自主阅读两部。选入本丛书的均为统编版教材指定阅读作品。丛书根据语文课程标准精神，与教材同步，提供《朝花夕拾》《骆驼祥子》《艾青诗精选》《西游记》《昆虫记》《钢铁是怎样炼成的》等书的导读，与教材无缝衔接，服务于语文教学，也力求激发学生阅读整本书的兴趣，培养阅读整本书的能力，形成良好的阅读习惯。

精心打造助读系统，让名著阅读零障碍

文学名著往往是学生阅读体验中“可爱的陌生人”，因为文学名著一

般有一定的阅读门槛，如果没有得到有效帮助，即使是脍炙人口的《西游记》，现在的孩子也未必能够读完全篇。有鉴于此，我们在丛书中提供了一整套助读系统，给不同阅读能力的学生提供各种贴心的帮助。篇前的作品导读，介绍作家生平、创作背景以及文学特色；精心设计的思维导图，有助于学生提纲挈领，理顺文本脉络或人物关系；简明的注释和精要的旁批，进一步扫清学生阅读与理解的障碍；每一个章节后，我们会让学生盘点一下收获，“精华点评”让学生有机会回味及总结精彩片段，同时引导学生深入思考。

阅读测评促能力，牢牢抓住“牛鼻子”

作为本丛书特色之一，我们特意在每一本名著后附赠一本《阅读测评》小册子，这一部分内容重在阅读实践的训练。有道是“操千曲而后晓声，观千剑而后识器”。理论再通透，方法再高明，如果不以实践来进行巩固和磨砺，无异于“临渊羡鱼”。而《阅读测评》正是为“退而结网”提供了一个实践的平台，让学生通过大量选文的阅读和练习，将阅读能力之“网”织得又结实又漂亮。

我们在小册子里安排了“知识积累”“情节梳理”“阅读感悟”等环节，对名著涉及的必须要掌握的知识点、情节脉络、理解难点做了全面梳理。作为小册子的重点，我们精心编制了分级阅读能力的检测题，让学生通过做题的方式，迅速检测阅读的效果。而读后感的样文展示及探究写作题，则是让学生学以致用，启发学生进行创意写作。

苏霍姆林斯基在《课堂教学与课外阅读》中说：“学校教育的缺点之一就是没有那种占据学生全部理智和心灵的真正阅读。没有这样的阅读，学生就没有学习的愿望，他们的精神世界就会变得狭窄和贫乏。”但愿我们这套丛书，能够不断丰富青少年的精神世界，让学生学会在书的海洋里畅游，获得语文综合素养及身心的成长。

本书使用说明

权威打造助读系统 迅速读透经典名著

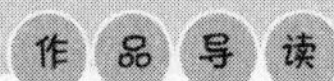

作品导读

作家生平

艾青（1910—1996）

艾青原名蒋正涵，字养源，号海澄，曾用笔名莪加、克阿、林壁等，是中国现当代文学史上的著名诗人。著有诗集《大堰河》《北方》《向太阳》《归来的歌》，诗论《诗论》，长篇小说《绿洲笔记》等。他出生于浙江金华的一个地主家庭，五岁以前被寄养在同村的一个贫苦农家。1928年中学毕业后，他考入国立杭州西湖艺术院。第二年，他便去法国留学，两年以后回国。他在上海加入“中国左翼美术家联盟”，因从事革命文艺活动而被捕入狱。在失去了绘画条件的监狱中，他开始“借诗思考、回忆、控诉、抗议”，并于1933年第一次用笔名“艾青”发表长诗《大堰河——我的保姆》。1936年，出版了第一本诗集《大堰河》。20世纪30年代是艾青诗歌创作的一个高峰。

1957年后，艾青曾赴黑龙江、新疆生活和劳动，创作中断了20余年。但经过20年的沉寂，归来后，艾青诗歌创作迎来了另一个高峰。1985年获法国文学艺术最高勋章。

艾青说：“我永远渴求着创作，每天我像一个农夫似的在黎明之前醒来，一醒来，我就思考我的诗里的人物和我所应该采用的语言，和如何使自己的作品能有一分进步……甚至在我吃饭的时候，甚至在我走路的时候。”

创作背景

诗人的创作风格与其所处的时代背景密不可分。在不同的时期，诗歌的意象变化、色彩运用、形式转变等方面也会有所不同。艾青在20世纪30年代初踏进诗坛，其作品深沉而忧郁，受到了人们普遍的关注。艾青诗歌的思想内容中具有浓厚的民族忧患意识，深切关注着祖国的危亡和人民的生活。“爱祖国、爱人民、爱土地、爱大地上的一切生命”是艾青诗歌的情感主线。艾青在创作早期和中期的作品中抒发对下层困苦人民的悲悯，对被侵占的国土

艾青诗精选 1

作品导读

了解作家生平、创作背景及文学特色

作家生平表

一表了解艾青创作全貌

艾青诗歌创作简要年表

时间	主要经历	主要诗作
1932年	1月28日自马赛乘船回国；2月以笔名“莪伽”发表诗歌；5月加入“中国左翼美术家联盟”，7月12日晚被捕；8月16日被判刑，从此转入借写诗以抒怀的创作	《当黎明穿上了白衣》《阳光在远处》《那边》《透明的夜》等
1933年	1月14日在狱中见大雪纷飞而作《大堰河——我的保姆》。该诗经友人带出，于5月1日第一次以艾青的笔名发表在杂志《春光》上，是他的成名作	《大堰河——我的保姆》《芦笛》等
1934年	在狱中写诗，年底被押到苏州反省院监禁	《黎明》《马赛》《九百个》等
1935年	出狱	
1936年	常州任教，后离校往沪，11月自费出版诗集《大堰河》	《窗》等
1937年	年初至七七事变前，任编辑，后奔赴武汉，结识萧军、萧红、端木蕻良等人	《太阳》《煤的对话》《春》《生命》《黎明》《复活的土地》《雪落在中国的土地上》
1938年	投身革命，到西安任抗日艺术队队长，后到武汉、衡山，到桂林任编辑，年底自费出版诗集《北方》	《风陵渡》《北方》《乞丐》《手推车》《向太阳》《我爱这土地》《吊楼》

第二章　20世纪40年代作品

导　读

艾青被誉为“太阳与火把”的歌手，他将自我融入时代浪潮中。诗歌中出现了很多的“太阳”“光明”的意象，他几乎可以称为太阳和黎明之王。他一面为着祖国和人民悲哀，一面歌颂太阳、向往光明，坚信人们总有一天会脱离苦海。在阅读过程中，关注诗人自由体诗的风格特征，如诗中大量的设问、呼告、对话、引语等。

导　读　提前把握作品主旨

旷　野①

薄雾在迷蒙着旷野啊……

“薄雾在迷蒙着旷野啊”一句话概括了旷野的总体状态。

旁　批　加深理解精彩段落

① 1940年，艾青在湖南新宁写下《旷野》一诗。

注　释　扫清字词理解障碍

阅读札记

精华点评

艾青于青年时期奔赴法国学习绘画，1932年初回国，在上海加入中国左翼美术家联盟，从事革命文艺活动，不久被捕。在狱中，他失去了绘画条件，于是开始“借诗思考、回忆、控诉、反抗”等，其中《大堰河——我的保姆》便是艾青的狱中之作，此诗发表后引起轰动，艾青一举成名。

延伸思考

艾青在成为一名诗人之前，是一位画家，他热爱绘画，因而他的诗歌作品受绘画影响深刻。我们能够在艾青的诗歌作品中感受到丰富的色彩，这些色彩给予人一定的美感体验，也传达了不一样的意蕴，艾青做到了“诗中有画，画里有情”。请仔细阅读艾青20世纪30年代的诗歌作品，结合诗歌的创作背景以及情感表达，找一些例子，谈一谈色彩在艾青诗歌运用中的特点和丰富意蕴。

知识链接

1. 人物生平简介

1910年出生于浙江省金华市金东区畈田蒋村的一个封建家庭。自幼由一位贫苦农妇养育到5岁。

1917年就读于金师附小。

1928年中学毕业后考入国立杭州西湖艺术院。

1928年在林风眠校长的鼓励下到巴黎勤工俭学，学习绘画，接触欧洲现代派诗歌。

精华点评　回味及总结阅读收获

延伸思考　深化从作品到现实的思考

知识链接　横向学习文中相关知识

作家生平

艾青（1910—1996）

艾青原名蒋正涵，字养源，号海澄，曾用笔名莪加、克阿、林壁等，是中国现当代文学史上的著名诗人。著有诗集《大堰河》《北方》《向太阳》《归来的歌》，诗论《诗论》，长篇小说《绿洲笔记》等。他出生于浙江金华的一个地主家庭，五岁以前被寄养在同村的一个贫苦农家。1928年中学毕业后，他考入国立杭州西湖艺术院。第二年，他便去法国留学，两年以后回国。他在上海加入“中国左翼美术家联盟”，因从事革命文艺活动而被捕入狱。在失去了绘画条件的监狱中，他开始“借诗思考、回忆、控诉、抗议”，并于1933年第一次用笔名“艾青”发表长诗《大堰河——我的保姆》。1936年，出版了第一本诗集《大堰河》。20世纪30年代是艾青诗歌创作的一个高峰。

1957年后，艾青曾赴黑龙江、新疆生活和劳动，创作中断了20余年。但经过20年的沉寂，归来后，艾青诗歌创作迎来了另一个高峰。1985年获法国文学艺术最高勋章。

艾青说：“我永远渴求着创作，每天我像一个农夫似的在黎明之前醒来，一醒来，我就思考我的诗里的人物和我所应该采用的语言，和如何使自己的作品能有一分进步……甚至在我吃饭的时候，甚至在我走路的时候。”

创作背景

诗人的创作风格与其所处的时代背景密不可分。在不同的时期，诗歌的意象变化、色彩运用、形式转变等方面也会有所不同。艾青在20世纪30年代初踏进诗坛，其作品深沉而忧郁，受到了人们普遍的关注。艾青诗歌的思想内容中具有浓厚的民族忧患意识，深切关注着祖国的危亡和人民的生活。“爱祖国、爱人民、爱土地、爱大地上的一切生命”是艾青诗歌的情感主线。艾青在创作早期和中期的作品中抒发对下层困苦人民的悲悯，对被侵占的国土的热爱。

20世纪30年代，艾青的诗歌创作达到一个高峰，如《太阳》《我爱这土地》《火把》。1937年7月7日，面对侵华日军制造的震惊中外的七七事变，中国军民拉开了全面抗战的大幕。诗人这一时期的诗歌充满了“土地的忧郁”，多写民族的苦难、人民的困苦与反抗。这与整个民族的苦难历史是分不开的，这种对土地的眷念之情更能激发起一个民族渴望解放、争取胜利的意志。

1941年赴延安后，他在遍地抗日烽火中深切地感受到时代的精神，汲取了诗情，抗战期间成为他创作的高潮期。这一时期，艾青诗歌中的主要意象是“土地”和“光明”。如《火把》，写“我们是火的队伍/我们是光的队伍……”，表达赞美太阳、驱逐黑暗的浓烈情感。如《土地》中，写“被同一的阳光披盖着/被同一的爱情灌溉着/被同一的勤劳供养着……”，书写着坚持斗争、争取胜利的美好愿望。

曾赴黑龙江、新疆生活和劳动，创作中断了20余年的诗人，在1978年“归来”。诗人结合人生的体验，写了许多哲理性的小诗。他常常发出对生命本质的思考，通过哲理小诗来反观人生，充满哲理，饶有趣味，如《鱼化石》《镜子》《光的赞歌》等。

文学特色

诗歌是语言的艺术。艾青诗歌的语言简明质朴，但却能营造出一种深沉、壮阔的气势，具有震撼人心的力量。

与传统诗歌严格遵照格律不同，艾青主张长短不拘束的自由体诗歌形式，在语言上体现出“散文美”的特点，他在诗中使用的口语是亲切而朴素的。他很少注意诗句的韵脚和字数，但又常常运用有规律的排比、复沓，读起来气韵通畅。比如在其成名作《大堰河——我的保姆》中，诗人以分镜头的形式回忆了在大堰河家里生活的情形，选取细节来表现大堰河对自己的深爱。诗人尽情地呼告“大堰河，我是吃了你的奶而长大了的/你的儿子，我敬你/爱你！”肆意的排序、长短错落的诗行、不求整齐划一的诗节，极大地增强了诗歌的真切感和表现力。

艾青被称为“太阳与火把”的歌手，他的诗歌以社会意象群、自然意象群为主。我们经常能在他的诗歌中看到“太阳”“光明”“火把”“土地”等意象。他曾写下《给太阳》《太阳》《太阳的话》《向太阳》《光的礼赞》等一系列“太阳诗篇”。艾青是一个有强烈爱国主义精神的诗人，他看到民族正处于水深火热当中，他歌颂太阳、向往光明，渴望驱逐黑暗、夺得胜利！他还创作了许多关于土地的诗歌，如《我爱这土地》《我们的土地》《土地》等。诗中含有大量的设问、呼告、对话、引语等，表达了诗人对失去土地的悲伤与愤怒，传递出那份对土地深沉的爱。

艾青早年留学法国学习绘画的经历，使得他的诗歌创作呈现出“诗中有画”的特点。色彩表达是艾青诗歌独具风格的重要表现手法。在他的诗歌中有鲜明而细腻的色彩描写，清晰的线条，为文本带来丰富的审美想象空间。如《给太阳》，“你新鲜、温柔、明洁的光辉，/照在我久未打开的窗上，/把窗纸敷上浅黄如花粉的颜色，/嵌在浅蓝而整齐的格影里。”诗歌笼罩在光明亮丽的色调中，诗人捕捉到太阳的惊喜与兴奋跃然纸上。如《灌木林》，写“三月的灌木林，绵展在/一排黑色的瓦/和土黄的泥墙的矮屋的那边”，写“灌木林啊，乌暗，浓郁，而又纤细，从那些常绿树的暗绿的丛簇/伸出的无数光秃的枝干间……”，生动地描绘出了一幅浓郁茂密的灌木林呼唤阳光的画面。

艾青是中国现当代新诗发展过程中开启一代诗风的重要诗人，他融会贯通，不做无病呻吟，始终坚持把人民作为诗歌创作的对象，在新诗的发展中起着承上启下的重要作用。

艾青诗歌创作简要年表

时间	主要经历	主要诗作
1932年	1月28日自马赛乘船回国；2月以笔名“莪伽”发表诗歌；5月加入“中国左翼美术家联盟”，7月12日晚被捕；8月16日被判刑，从此转入借写诗以抒怀的创作	《当黎明穿上了白衣》《阳光在远处》《那边》《透明的夜》等
1933年	1月14日在狱中见大雪纷飞而作《大堰河——我的保姆》。该诗经友人带出，于5月1日第一次以艾青的笔名发表在杂志《春光》上，是他的成名作	《大堰河——我的保姆》《芦笛》等
1934年	在狱中写诗，年底被押到苏州反省院监禁	《黎明》《马赛》《九百个》等
1935年	出狱	
1936年	常州任教，后离校往沪，11月自费出版诗集《大堰河》	《窗》等
1937年	年初至七七事变前，任编辑，后奔赴武汉，结识萧军、萧红、端木蕻良等人	《太阳》《煤的对话》《春》《生命》《黎明》《复活的土地》《雪落在中国的土地上》
1938年	投身革命，到西安任抗日艺术队队长，后到武汉、衡山，到桂林任编辑，年底自费出版诗集《北方》	《风陵渡》《北方》《乞丐》《手推车》《向太阳》《我爱这土地》《吊楼》
1939年	写诗兼发表有关诗歌理论的文章，和戴望舒合编诗歌月刊，后到湖南新宁任教，出版诗集《他死在第二次》	《吹号者》《他死在第二次》等
1940年	离新宁，经长沙、宜昌赴四川，6月到重庆，编诗集《旷野》，后任《文艺阵地》编委，本年末着手写计划庞大的长诗《溃灭》	《旷野》《冬天的沼泽》《山毛榉》《树》《火把》《旷野》（又一章）《篝火》
1941年	在周恩来帮助下，2月初奔赴延安，创办《诗刊》，任主编，12月发起成立“延安诗会”	《我的父亲》《时代》《村庄》等
1942年	写诗并发表理论文章，5月参加延安文艺座谈会	《太阳的话》《给太阳》《黎明的通知》等

（续表）

时间	主要经历	主要诗作
1943—1949年	在陕甘宁边区写作和劳动，开始尝试转变诗风，1944年出版诗集《愿春天早点来》；1945年任教鲁迅文学艺术院，8月出版诗集《献给乡村的诗》，11月华北文艺工作团与华北联合大学合并，成立文艺学院，艾青任副院长；1946年内战形势下投入诗集的组织工作，诗歌创作较少。1949年2月，北京解放后入京，7月当选为中华全国文学艺术界联合委员会委员，10月《人民文学》创刊，任副主编	《人民的狂欢节》《青年之歌》《欢呼》《布谷鸟》等
1950—1959年	1950年访问苏联；1951年到广西邕宁参加土改，同年在京会晤智利诗人聂鲁达、苏联作家爱伦堡；1952年辞去《人民文学》副主编职务，改任编委，春季回家乡一次，看望“大叶荷”坟墓，并收集诗歌创作素材；1953年当选为“作协”理事、中国美术工作者协会理事；1954年应聂鲁达邀请访问智利；1955年由人民文学出版社出版《艾青诗选》；1956年出版诗集《春天》；1958年被错划为右派分子；1959年到新疆生产建设兵团	《车过贝加尔湖》《宝石的红星》《第三只鸽子》《藏枪记》《礁石》《马头琴》《启明星》《下雪的早晨》《鸽哨》等
1960—1979年	1961年11月摘掉右派分子帽子；1967年，“文革”期间被“劳动改造”；1975年春从新疆回北京治疗眼疾；1979年中国作家协会为艾青平反，后到国内外访问、创作诗歌；1978年4月在《文汇报》发表诗歌《红旗》，重返诗坛；1979年7月，新编《艾青诗选》由人民文学出版社出版，收1932—1978年所写诗篇88首，11月艾青当选为中国作家协会副主席	《我爱她的歌声》《在浪尖上》《光的赞歌》《维也纳的鸽子》《盆景》《古罗马的大斗技场》《蛇》等
1980—1983年	主要开展出版中外文版诗集、论著，参加研讨会等工作	《关于爱情》《历史的尊严》《香港》《面向海洋》等

（本表主要参考叶橹所编《艾青年表》编成，谨在此致谢）

目录

第一章　20世纪30年代作品

当黎明穿上了白衣 …… 1
阳光在远处 …… 3
那边 …… 4
大堰河——我的保姆 …… 5
铁窗里 …… 9
画者的行吟 …… 11
我的季候 …… 14
黎明 …… 16
九百个 …… 17
晨歌 …… 30
小黑手 …… 31
春雨 …… 32
太阳 …… 34
煤的对话——A-Y.R. …… 35
春 …… 36
生命 …… 37
浪 …… 39
黎明 …… 40
死地——为川灾而作 …… 43
复活的土地 …… 47

他起来了 …… 49
雪落在中国的土地上 …… 50
手推车 …… 54
风陵渡 …… 55
北方 …… 56
乞丐 …… 60
向太阳 …… 61
黄昏 …… 76
秋日游 …… 77
斜坡 …… 79
我爱这土地 …… 80
吊楼 …… 81
冬日的林子 …… 84
街 …… 85
我们的田地 …… 87
桥 …… 89
秋 …… 90
秋晨 …… 91
低洼地 …… 92

第二章　20世纪40年代作品

旷野 …… 95

树 …… 101
解冻 …… 102
愿春天早点来 …… 104
岩壁 …… 106
山城 …… 108
山毛榉 …… 110
鸫 …… 111
农夫 …… 112
土地 …… 113
太阳 …… 115
月光 …… 116
灌木林 …… 117
初夏 …… 119
鞍鞯店 …… 121
旷野（又一章） …… 123
公路 …… 127
刈草的孩子 …… 131
篝火 …… 132
古松 …… 133
黎明的通知 …… 135
我的父亲 …… 139
秋天的早晨 …… 148

时代 …… 150
太阳的话 …… 152
给太阳 …… 153
河边诗草（五首） …… 155
献给乡村的诗 …… 159

第三章 20世纪50、70年代作品

新的年代冒着风雪来了 …… 164
礁石 …… 166
启明星 …… 167
鸽哨 …… 168
下雪的早晨 …… 169
帐篷 …… 171
鱼化石 …… 172
伞 …… 174
镜子 …… 175
光的赞歌 …… 176

第一章　20世纪30年代作品

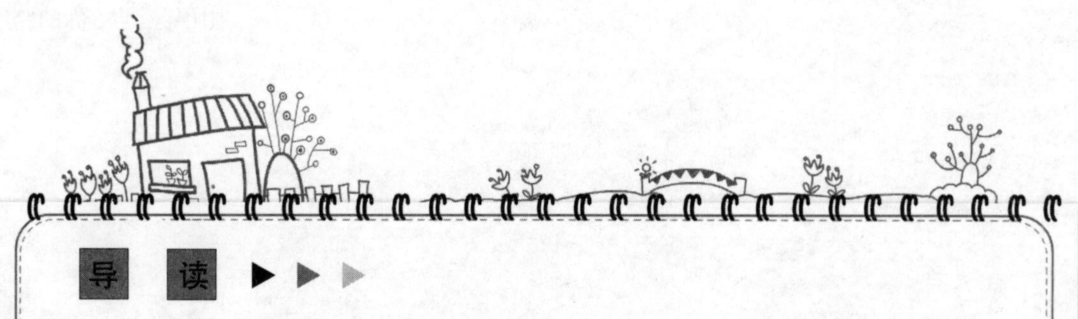

导　读

诗人这一时期的诗歌充满了“土地的忧郁”，多写民族的苦难、人民的困苦与反抗。但正如诗人自己所说，他的诗歌忧郁却从来不阴沉，他的忧郁也是充满希望的忧郁。在朗诵诗歌时，注意重音、停连、节奏等，把握诗歌的感情基调。

当黎明穿上了白衣

紫蓝的林子与林子之间
由青灰的山坡到青灰的山坡，
绿的草原，
绿的草原，草原上流着
——新鲜的乳液似的烟……

“紫蓝”“青灰”“绿”等颜色交融，色彩鲜艳富有层次感。

“乳液”写出了烟的质感和流动性。

啊，当黎明穿上了白衣的时候，
田野是多么新鲜！
看，
微黄的灯光，
正在电杆上战栗它的最后的时间。
看！

本诗主要描写黎明，为何此处要写灯光的“战栗”呢？

一九三二年一月二十五日
由巴黎到马赛的路上

阳光在远处

阳光在沙漠的远处，
船在暗云遮着的河上驰去，
暗的风，
暗的沙土，
暗的
旅客的心啊。
——阳光嬉笑地
射在沙漠的远处。

一九三二年二月三日　苏伊士河上

连用四个“暗”，有什么好处？

“嬉笑”与前文情感基调不同，这里呈现了作者怎样的心态呢？

那　边

黑的河流，黑的天。
在黑与黑之间，
疏的，密的，
无千万的灯光。

一切都静默着，
只有那边灯光的一面，
铁的声音，
沸腾的人市的声音，
不断地煽出。

“静默”与“沸腾”形成了反差，是否矛盾呢？

在千万的灯光之间，
红的绿的警灯，一闪闪地亮着，
在每秒钟里，
它警告着人世的永劫的灾难。

黑的河流，黑的天，
在黑与黑之间，
疏的，密的，
无千万的灯光，
看吧，那边是：
永远在挣扎的人间。

著名评论家胡风评论艾青的诗：“人生都充溢着乐观的空气。”这首诗是否与这句评论不符呢？结合诗歌，说说你的看法。

一九三二年二月二十六日　湄公河畔

大堰河——我的保姆

大堰河，是我的保姆。
她的名字就是生她的村庄的名字，
她是童养媳，
大堰河，是我的保姆。

我是地主的儿子；
也是吃了大堰河的奶而长大了的
大堰河的儿子。
大堰河以养育我而养育她的家，
而我，是吃了你的奶而被养育了的，
大堰河啊，我的保姆。

前两节交代了大堰河的身世以及诗人与大堰河的关系。

大堰河，今天我看到雪使我想起了你：
你的被雪压着的草盖的坟墓，
你的关闭了的故居檐头的枯死的瓦菲，
你的被典押了的一丈平方的园地，
你的门前的长了青苔的石椅，
大堰河，今天我看到雪使我想起了你。

诗人强调"看到雪使我想起了你"，为何"看到雪"会勾起诗人的想念？而不是其他的情景会勾起思念呢？

你用你厚大的手掌把我抱在怀里，
抚摸我；
在你搭好了灶火之后，
在你拍去了围裙上的炭灰之后，
在你尝到饭已煮熟了之后，
在你把乌黑的酱碗放到乌黑的桌子上之后，
在你补好了儿子们的为山腰的荆棘扯破的衣服之后，
在你把小儿被柴刀砍伤了的手包好之后，

在你把夫儿们的衬衣上的虱子一颗颗地掐死之后，
在你拿起了今天的第一颗鸡蛋之后，
你用你厚大的手掌把我抱在怀里，抚摸我。

连用八个排比句写大堰河日常劳作的情景，有什么目的呢？

我是地主的儿子，
在我吃光了你大堰河的奶之后，
我被生我的父母领回到自己的家里。
啊，大堰河，你为什么要哭？

我做了生我的父母家里的新客了！
我摸着红漆雕花的家具，
我摸着父母的睡床上金色的花纹，
我呆呆地看着檐头的我不认得的“天伦叙乐”的匾，
我摸着新换上的衣服的丝的和贝壳的纽扣，
我看着母亲怀里的不熟识的妹妹，
我坐着油漆过的安了火钵的炕凳，
我吃着碾了三番的白米的饭，
但，我是这般忸怩不安！因为我
我做了生我的父母家里的新客了。

见到生父母，住进环境安逸的新家，“我”为何会扭怩不安？

大堰河，为了生活，
在她流尽了她的乳液之后，
她就开始用抱过我的两臂劳动了；
她含着笑，洗着我们的衣服，
她含着笑，提着菜篮到村边的结冰的池塘去，
她含着笑，切着冰屑悉索的萝卜，
她含着笑，用手掏着猪吃的麦糟，
她含着笑，扇着炖肉的炉子的火，
她含着笑，背了团箕到广场上去
晒好那些大豆和小麦，
大堰河，为了生活，
在她流尽了她的乳液之后，
她就用抱过我的两臂，劳动了。

大堰河在怎样的情境下“含着笑”，诗人突出大堰河“含着笑”是为了体现什么？

大堰河，深爱着她的乳儿；
在年节里，为了他，忙着切那冬米的糖，
为了他，常悄悄地走到村边的她的家里去，
为了他，走到她的身边叫一声“妈”，
大堰河，把他画的大红大绿的关云长
贴在灶边的墙上，
大堰河，会对她的邻居夸口赞美她的乳儿；
大堰河曾做了一个不能对人说的梦：
在梦里，她吃着她的乳儿的婚酒，
坐在辉煌的结彩的堂上，
而她的娇美的媳妇亲切地叫她“婆婆”
……
大堰河，深爱她的乳儿！

大堰河的梦境十分美好，这里为何特意写大堰河的梦呢？

大堰河，在她的梦没有做醒的时候已死了。
她死时，乳儿不在她的旁侧，
她死时，平时打骂她的丈夫也为她流泪，
五个儿子，个个哭得很悲，
她死时，轻轻地呼着她的乳儿的名字，
大堰河，已死了，
她死时，乳儿不在她的旁侧。

大堰河，含泪地去了！
同着四十几年的人世生活的凌侮，
同着数不尽的奴隶的凄苦，
同着四块钱的棺材和几束稻草，
同着几尺长方的埋棺材的土地，
同着一手把的纸钱的灰，
大堰河，她含泪地去了。

大堰河死亡时的境况，反映出了大堰河的悲苦和凄凉。

这是大堰河所不知道的：
她的醉酒的丈夫已死去，

大儿做了土匪，
第二个死在炮火的烟里，
第三，第四，第五
在师傅和地主的叱骂声里过着日子。
而我，我是在写着给予这不公道的世界的咒语。
当我经了长长的漂泊回到故土时，
在山腰里，田野上，
兄弟们碰见时，是比六七年前更要亲密！
这，这是为你，静静地睡着的大堰河
所不知道的啊！

诗人补充说明大堰河的家庭情况，有何用意？

大堰河，今天，你的乳儿是在狱里，
写着一首呈给你的赞美诗，
呈给你黄土下紫色的灵魂，
呈给你拥抱过我的直伸着的手
呈给你吻过我的唇，
呈给你泥黑的温柔的脸颜，
呈给你养育了我的乳房，
呈给你的儿子们，我的兄弟们，
呈给大地上一切的，
我的大堰河般的保姆和她们的儿子，
呈给爱我如爱她自己的儿子般的大堰河。

诗人赞美的只是大堰河吗？

大堰河，
我是吃了你的奶而长大了的
你的儿子，
我敬你
爱你！

结尾直抒胸臆，表达了诗人对大堰河深沉的怀恋、热爱及赞美！

一九三三年一月十四日　雪朝

铁窗里

只能通过这唯一的窗，
我才能——
看见熔铁般红热的奔流着的朝霞；
看见潮退后星散在平沙上的贝壳般的云朵；
看见如浓墨倾泻在素绢上的阴霾；
看见如披挂在贵妇人裸体上的绯色薄纱的霓彩；
看见去拜访我的故乡的南流的云；
看见拥上火的太阳的东海的云；
看见法兰西绘画里的塞纳河上的晴空；
看见微风款步过海面时掀起鱼鳞样银浪般的天；
看见狂热的夏的天，抑郁的春的天，飘逸而
又凄凉的秋的天；
看见寂寞的残阳爬上
延颈歌唱在屋脊上的鸠的肩背；
看见温煦的朝日在翩跹的鸽群的白羽上闪光；
看见夜游的蝙蝠回旋在沉重的暮气里……

这些都是诗人真实所见吗？如若不是，你从诗人描绘的景物中读到了什么呢？

只能通过这唯一的窗，
我才能举起——
对于海洋的怀念，
——当碧空虚阔地展开的时候；
对于马雅可夫斯基的诗的太阳的怀念，
——当炎阳投射在赤色的围墙上；
对于千万的伸着古铜般巨臂的新世界创造者的怀念
——当汽笛的声音悠长而豪阔地横过；
对于秋的绯红的森林与萧萧芦洲的怀念，
——在秋风里；

对于家乡的满山火焰般杜鹃花的怀念，
在传来的卖花声里；
对于坐着白漆艇荡过烟水渺茫的湖的怀念，
当天空扬过一片云的白帆；
对于都市的汹嚣的夜的街道的怀念，
当墙外喧响过车声与人语；
对于被夕阳烫熨着的大地的怀念；
对于雪的怀念，
五月的秋的海的怀念；
对于一切在我的记忆里留过烙印的东西，都怀念着……

连用十个“对于”，反复强调，句式整齐，增强气势。

只能通过这唯一的窗，
我才能举起仰视的幻想的眼波，
在迎迓一切新的希冀——
在黄昏里希冀皓月与繁星，
在深夜希冀着黎明，
在炎夏希冀凉秋，
在严冬又希冀新春，
这不断的希冀啊，
使我感触到世界的存在；
带给我多量的生命的力。
这样，
我才能跨过——
这黎明黄昏，黄昏黎明，春夏秋冬，秋冬春夏的
茫茫的时间的大海啊。

“希冀”的反复出现，强烈地表达出作者身陷囹圄却对未来充满希望的乐观心态。

画者的行吟

沿着塞纳河
我想起：
昨夜锣鼓咚咚的梦里
生我的村庄的广场上，
跨过江南和江北的游艺者手里的
那方凄艳的红布……
——只有西班牙的斗牛场里
有和这一样的红布啊！
爱弗勒铁塔
伸长起
我惆怅着远方童年的记忆……
由铅灰的天上
我俯视着闪光的水的平面，
那里
画着广告的小艇
一只只地驰过……
汽笛的呼嚷一阵阵地带去了
我这浪客的回想
从蒙马特到蒙巴那司，
我终日无目的地走着……
如今啊
我也是个Bohemien[①]了！
——但愿在色彩的领域里
不要有家邦和种族的嗤笑。
在这城市的街头

> 诗人的故乡金华，有斗牛的风俗。

> “浪客”“嗤笑”这两个词表达了作者怎样的心情？

① Bohemien：波西米亚人、流浪汉之意。

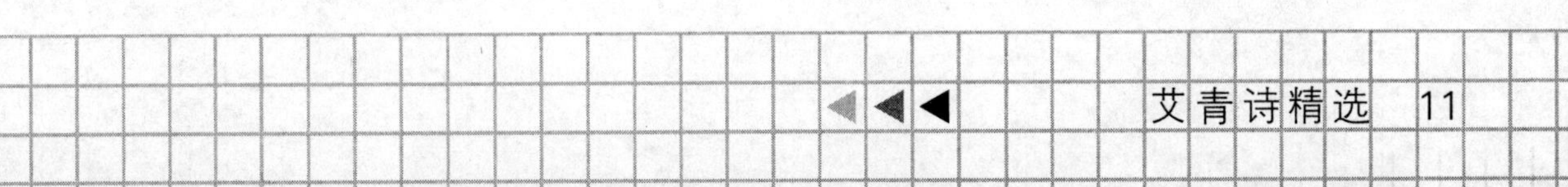

我痴恋迷失地过着日子，看哪
Chagall[①]的画幅里
那病于爱情的母牛，
在天际
无力地睁着怀念的两眼，
露西亚田野上的新妇
坐在它的肚下，
挤着香洌的牛乳……
噫！
这片土地
于我是何等舒适！
听啊
从Cendrars[②]的歌唱，
像T. S. F[③]的传播
震响着新大陆的高层建筑般
簇新的Cosmopolite[④]的声音
我——
这世上的生客，
在他自己短促的时间里
怎能不翻起他新奇的欣喜
和新奇的忧郁呢？
生活着
像那方悲哀的红布，
飘动在
人可无懊丧地死去的
蓝色的边界里，
永远带着骚音
我过着彩色而明朗的时日；

“母牛”“田野”都让诗人想起了故乡，无比熟悉，因而诗人感到了舒适。

这里的“蓝色”指代艺术，这句话暗示诗人与艺术告别，以诗人的身份开启新生活。

① Chagall：夏加尔（1887—1985），白俄罗斯裔法国现代著名雕塑家，画家。

② Cendrars：桑德拉尔（1887—1961），出生于瑞士的法国小说家、诗人。

③ T. S. F：法文“无线电报”的缩写。

④ Cosmopolite：英文，大同的、国际性的。

在最古旧的世界上
唱一支锵锵的歌，
这歌里
以溅血的震颤祈祷着：
愿这片暗绿的大地
将是一切流浪者们的王国。

"锵锵"与"震颤"给予人冲击，表达了诗人反抗黑暗的决心。

我的季候

今天已不能再坐在
公园的长椅上，看鸽群
环步于石像的周围了。
唯有雨滴
做了这里的散步者；
偶尔听见从静寂里喧起的
它的步伐之单调而悠长的声响，
真有不可却的抑郁
袭进你少年的心头啊。
沿着无尽长的人行道，
街树枝头零落的点滴
飘散在你裸露的颈上；
伸手去触围着公园的
铁的栏栅，像执着
倦于憎爱的妇女之腻指，
使你感到有太快慰了的
新凉……
这是我的季候……
让我打着断续而扬抑起
直升到空虚里去的
音节之漫长的口哨，
向一切无人走的道上走去……
每当我想起了……初春之
过甚的浮夸，夏的傲慢的
炽烈，并严冬之可叹的
冷酷时，我愿岁岁朝朝
都挽住了这般的

雨中的画面，静谧美好，闲适之感，扑面而来。

含有无限懊丧的秋色。

写春、夏、冬，是为了突出对“秋”的喜爱。

乌黑的怨恨，金煌的情爱
它们一样地与我无关；
而对于生命的挂怀，
和什么幸运的热望呀，
已由萧萧初坠的残叶，
告知你以可信的一切了。
秋啊！
你全般灰色的雨滴，
请你伴着我——为了我
已厌倦于听取那些
佯作真理的烦琐的话语——
和我守着可贵的契默。
跨过那
由车轮溅起了
污水的广场，往不知
名的地方流浪去吧！

诗人厌倦了烦琐，向往像秋雨后那般闲适、静谧、和谐的生活。

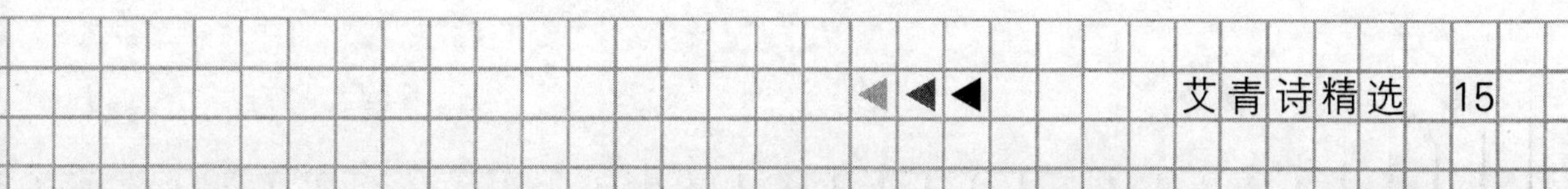

黎　明

此时诗人身处狱中，“小雀”正是诗人自身的写照。

啁啾的小雀淹留着
不是淹留在家园的檐角

阴郁的电线久已成了
比竹篱更阴郁的家

航轮起碇的哨声之后
瓦背上定留新的冷感

梦，已随天边的星坠了
瑟缩的心不再有鼓翼的勇气

天幕是翻飞在窗外的灰蓝布
它飘起了冥想的又一个开始

“又一个开始”指的是诗人以诗人的身份开始抗争。“黎明”的到来，则是新希望的来临。

九百个[1]

一

渔阳，
快到了吧？

夜是这般黝黑，
风是这般凄厉。
我们身上淋着雨水，
我们的脚溅着泥浆。

渔阳，
还有多少路？

疲乏压着我们的背，
饥饿拉住我们的腿，
长官叱骂着我们，
皮鞭抽打着我们；

渔阳，
还有几天呢？

我们走过无边的原野，
我们走过荒原的秋林；
悠长的黑的夜啊！
困苦的泥泞的路啊！

本诗的开头并没有直接交代写作对象，而是描绘了雨天赶路的情景，营造出凄凉悲惨的气氛。

① 九百个：这里指的是陈胜吴广起义的九百个士兵。

这小节连用了三个反问句，有何好处呢？

渔阳，
快到了吧？

二

本节多采用对比的手法，鲜明生动地呈现出秦王朝的腐败以及人民的艰苦。

在沓杂的脚步声里，听：
“我们没有幸福，
我们都是奴隶！”

“我们的生活，
饥饿，疾病，耻辱！
他们的生活，
温饱，骄奢，淫逸！”

在沓杂的脚步声里，听：
“田地要荒了，
果园也将长满野草；
遥望烟雾弥漫的天边，
我们妻女的眼泪，将
洒在故乡枯干的土地上……”

在沓杂的脚步声里，听：
“纳不出给秦国的税，
我们的田地将被占据；
还不了债主们的债，
我们的妻女将被奸污！”

在沓杂的脚步声里，听：
“昨天，
我们流尽劳动的苦汗，

造成剥削者的安乐；
昨天，
我们溅出生命的鲜血，
去保卫秦皇的幸福。”

在沓杂的脚步声里，听：
“我们没有幸福，
我们都是奴隶！”

反复出现了“在沓杂的脚步声里”，由声入画，令人身临其境，同时脚步声的繁杂体现了受难人数之多。

三

在林子里
有个村
叫大泽乡。

层层铺开，引入了故事发生的地点：大泽乡，这是“陈胜吴广起义”的事发地。

雨更大了，
我们躺下吧！
我们不走了吧！

雨更大了，
我们——九百个
躺在村边的破庙里，
我们——九百个
个个都在忧伤！

雨在哭泣着；
但，大泽乡
今夜欢笑着；
——土豪们在欢宴
秦国的长官。
看，雨的那边

大泽乡的姑娘
华衣招展——
今夜，她们是
秦国长官的陪宾。

听，雨的那边
大泽乡
飘在笙歌里……
听，雨的那边
大泽乡
浸在笑浪里……

醉吧，
悬灯结彩的大泽乡！

雨呜咽着，
九百个边防军
个个在恐怖着——
因为秦国
有庄严的军律：
“迟到者法斩”。

村已沉睡了；
但雨醒着，我们
九百个醒着——
个个的心里
都静静地
随着淫淫的雨
烧起
喷恨的火……

在林子里
有个村

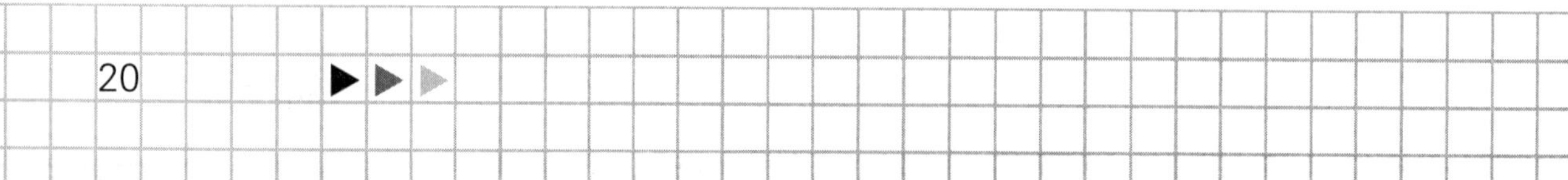

叫大泽乡。

我们不走了吧！
雨，你任性地打吧！

结合这小节描绘的画面，用自己的话说一说农民为何起义？

四

“布满了乌云的夜，
站在浩荡的长江边上
静听着波涛冲击的声响，
从隔江的林子，随风吐出
秋天的浓烈的气息……
我恨你被雨水倾打着的
赭色的林子啊！
从那里，长出了
我们悲苦的命运——
当我伫立在
这破庙的门前
向那天的边际凝视啊
杂着江水冲打的声音
无边的旷野不断地
流出村犬的吠声；
黑邃的土地也不断地
送出我永远难忘的
痛苦的记忆……
土地啊！和你一样
我们是被暴乱的风雨
吹打惯了的农夫；
江河啊！和你一样
我们的心里也有巨大的
争斗的叫喊潜伏着！

气氛凄楚、悲凉。

“潜伏”一词点明了民众的愤怒积压已久，会在恰当的时机爆发。

我们啊！永远是
土地的儿子，
江河的儿子。
……
看，
从破庙的里面
以高大的黑影
向这边走来的
是谁呀？”

“兄是陈胜，
弟是吴广。
但，我问你
你的眼为什么含着泪？
你的厚唇却又宽怀地笑着？
你的发像一簇临风的野草；
你的拳头有如坚硬的石块……
陈胜呀！
把你的痛苦告诉我吧！”

“既然兄是陈胜，
弟是吴广，
我们的一切都是一样：
昨天，我们是田里的佣奴——
我们血汗的收获
不够还足秦国的课税；
今天，我们是兵士
被遣发到边域去，
在那里，我们用
千万人的生命
筑成秦皇幸福的墙围；
而敌人的骑士
勇敢里带着残忍。

所以往北方去的
从没有归来的消息——
任我们的母亲、妻子和儿女
流干了期待的眼泪，
我们的尸骨将永埋在荒草里
如今，我们的行期
已被风雨的阻碍延误了！
依照秦国的军律
我们将被处死——
像镰刀割着丛草；
你我都是旷野上的好汉
生来具有宏伟的心胸
在田野的苦厄里
早已萌起战斗的志愿，
起来吧！
去唤醒
我们成千的兄弟，
整列着队伍
和暴压的秦皇对抗！
我是陈胜，
你是吴广！”

陈胜吴广起义，代表着被压迫的农民的觉醒，诗人赞美他们敢于斗争、反抗压迫的决心和斗志。

五

在到大泽乡的第七天，
晨曦刚掠过破庙的檐头，
兵士们聚集在稻草堆上，
三三五五地分散着，
传述一种星火似的消息：
昨晚从林子里飘来
有“拥护陈胜”的呼喊，

——陈胜是他们的兄弟
知道九百个痛苦
像知道他自己的痛苦一样，
兵士们的心里
个个都充满着欢喜，
像春阳照临大地
泛滥着一种光明的希冀；
吴广在兵士与兵士之间
有如水田里的青蛙
嘶声地喊，叫起了
九百只的青蛙，
在破庙的四角响应！

在凄楚的环境中，反抗压迫的出现，成了农民心中的暖阳。“蛙声”“春阳”与“破庙”形成了鲜明的对比，写出了农民内心的喜悦。

当雨水更疯狂地由头顶落下
那两个长官从破庙外走来，
踉踉跄跄地；
冒着血丝的眼
还留着昨夜
美酒，女人，脂粉的醉意，
跑到破庙门口，他们
突然圆瞪着眼
叱骂着星散的兵士，
说他们是狗，是畜类……
这时候，
九百个的心
早已串成一条
复仇的链索了！
那大汉子——吴广
摆动着宽大的肩膀，
一步步地逼近长官，
以果敢的话语
向静寂的空气掷去：
“我们一共九百个，

个个都在受苦，
没有白日和黑夜，
冒着风雨奔走，
已经九天了——
我们在这潮湿的泥地上，
腐烂的稻草堆里，
挨过悠长的夜，
九百个没有一个睡眠！
而你们——你们却天天
搂抱着大泽乡的女郎
吮着美酒
在脂粉香里
昏迷地睡去……”
那两个长官的眼里
顿时冒着火焰，
破庙的四角也在骚动了！
这时，一个长官的身子
已被几个兵士扭倒在地上；
另外的一个，从腰边
抽出闪光的剑，
迅速地向吴广的胸口刺来，
吴广以敏捷的手
抵开了剑锋，
把身子往他的左面一转，
扭住了长官拿剑柄的手，
夺过了剑子，向平空
猛然地一击，于是
长官的头颅
带着飞溅的血
滚在稻草上……
九百个
在倾盆的雨声里
一齐地喊着：

诗人利用自己的想象，丰富了故事的发展，也让长官的腐朽、农民的勇敢形象由此变得生动。

“拥护陈胜！
拥护吴广！”

六

“拥护陈胜！
拥护吴广！”

“兄弟们，
天是这样下雨，
我们又过着饥饿的日子，
到渔阳早已误过了日期，
照秦国的军律，
我们——九百个
个个都要处死，
既然要死
应该死在战斗里！
应该死得光荣！
秦皇和他所属的
贪官污吏，
大腹贾，土豪们，
全是寄生虫，
吸吮我们血液的野兽，
我们的劳力
造成他们的财富；
如今，秦皇
又把我们往沙漠边上送，
在北方，朔风将像皮鞭
抽打我们的身体，
敌人的马队，在夜里
将震惊魂魄地驰过；

此句慷慨激昂，令人振奋。

而他们——统治者
却在后方过着欢笑的日子……
你们知道吗——
阿房宫有着永远的春色？
他们看不见
我们洒在边疆的血液！
他们的身边有的
是美女的酥胸大腿，
怎会想起我们
暴晒在荒野上的枯骨？
今天，他们为了维持
他们永久的淫逸，
我们——九百个的生命
像野草等待刈割
将成了他们军法的牺牲！
兄弟们啊！
在大地上
我们从来没有幸福，
但，天生了你我
有什么和他们两样？”
九百个
在倾盆的雨声里
一齐地喊着：
“反对到渔阳！
打倒秦皇！”

“野草”表明了农民的卑贱，更加突出秦王朝的残暴。

七

大泽乡咆哮了！
在狂暴的风声里，
冲出了九百个的吼叫，

那一片汪洋的大水，
象征着叛乱者的意志，
泛滥出千万年的积郁，
击碎军纪的链索，
冲陷法律的堤岸

“咆哮”“吼叫”“冲陷”等词，说明了什么？

他们的队伍是最坚强的！
而天幕下一切受辱的人们，
将应合着他们的叫喊
从林间，从茅舍，从
每个黑暗的角落奔出，
提供了自己的生命，
去扑杀那共同的仇敌！
看，那无数的黑色之群
汹涌着来了——从黑色的
土地到黑色的土地……
他们的武器，就是那
几千年来翻掘土地的
锄头，和永远伴着他们的
镰刀，他们拔起竹竿，
当作义举的大纛；
那不止的风雨，
成了他们的战鼓；
他们前进，他们呼喊
那粗暴的声音，
震颤了深厚的地层！

“震颤”一词突出了农民的力量：他们的武器是简单的，可冲破桎梏的力量却是无穷尽的、强大的。

阵线随着时间
在田野上迅速地张开着——
谁能说这就是
秦皇统治的全领域？
大地摆荡着，
扬子江也在跳跃了！
九百个做了他们的先驱
勇敢无畏地迈进着……

他们所到的地方
没有阻碍，因为
正义是属于他们的；
耻辱的将变成光荣；
束缚的也得了解放，
莫说他们凶暴得像野兽，
他们要争取生活的权利！
人们应该祝福他们
胜利，因为他们
才是大地真正的主人！

反抗是因为压迫的残暴。

借由陈胜吴广起义的故事，作者想表达什么呢？

晨　歌

拭去你的眼泪吧——
打开窗
让你伏在
金黄的大鹏鸟的翅膀下……

以“大鹏”为意象，体现出作者豪迈的气概。

大鹏鸟起飞时
你的梦
会离弃夜的烦忧
和黑暗之畏惧的

让它把你带去!
到无极的海洋
与无风的沙漠
或是阿尔卑斯山之巅

“海洋”“沙漠”“山巅”有何共同点?

挟着希望的遨游者有福了
愿你借大鹏鸟的羽光
给沉睡的世界，和它的
匍匐着的众生以抚慰吧!

诗人以自己的乐观豪迈，唤醒沉睡的世界和匍匐的众生，给人希望和力量。

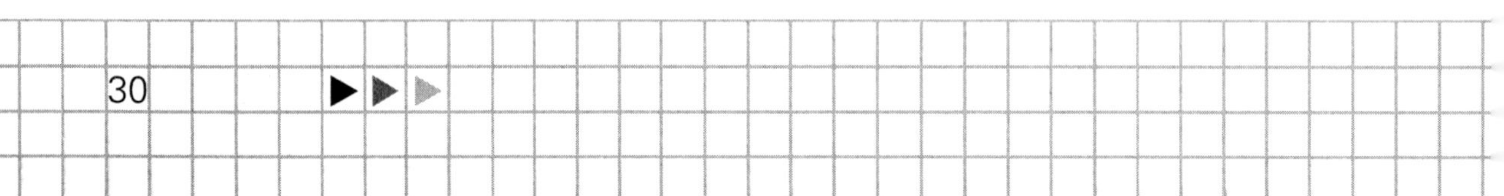

小黑手

小吉普赛
有黑的脸
有黑的手

小吉普赛
站在水果铺子的前面
看见红的柿子
看见黄的香蕉

小吉普赛
伸出小黑手
拿了一只香蕉
放进饥饿的嘴里

“红”“黄”的鲜艳，与“黑”的暗沉，形成了强烈的视觉冲击，也正是两个阶层的不同生活状态的体现。

水果铺子的女主人
飞快地走出水果铺子
夺去了小黑手里的香蕉
而且，向小黑脸上打着

“夺去”“打”写出了妇人怎样的形象？

小吉普赛哭了
用小黑手
擦他的小黑脸
他一直把哭声
带到他祖父那儿
他张开饥饿的小嘴
（用我听不懂的话）：
——那是吃的东西
我怎么不能吃？

孩子单纯的质问，却是对社会深沉的拷问。在这句诗中，你读出了什么呢？

一九三三年　写于狱中

春　雨

开篇表明了诗人的心愿。

我愿天不下雨——
让我走出这乌黑的城市里的斗室，
走过那些煤屑铺的小路
慢慢地踱到郊外去，
因为此刻是春天——
毛织物该折好的季候了。
我要看一年开放一次的
桃花与杏花
看青草丛中的溪水，
徐缓地游过去
——像一条银色的大蟒蛇；
看公路旁边的电线上的白鸽，
咕叫着，拍着翅膀的白鸽；
看那些用脚踏车滑过柏油路的少女——
那些少女爱穿短裤
在柔风里飘着她们的鬈发，
一片蔚蓝的天
衬出她们鲜红的两颊
和不止的晴朗的笑……
而我将躺在高岗上，
让白云带着我的心
航过天之海……
我要听那些银铃样的歌声——
来自果树园中的歌声；
那些童年之珍奇的询问；
和那些用风与草编成的情话……
愿啮草的白羊来舐我的手，

这一部分写出了春天的美好及其带给人们的喜悦。

我将给篱笆边上的农妇
和她的怀孕的牝牛以祈祷；
而我也将给这远方的，迷失在
煤烟里的城市
和繁忙的人群以怜悯……
但，天却飘起霏霏的雨滴了……

结合全诗思考：“霏霏的雨滴”的寓意是什么？

一九三七年三月二十三日　上海

太　阳

从远古的墓茔
从黑暗的年代
从人类死亡之流的那边
震惊沉睡的山脉
若火轮飞旋于沙丘之上
太阳向我滚来……

“滚”突出了太阳的气势磅礴。

它以难遮掩的光芒
使生命呼吸
使高树繁枝向它舞蹈
使河流带着狂歌奔向它去

当它来时，我听见
冬蛰的虫蛹转动于地下
群众在旷场上高声说话
城市从远方
用电力与钢铁召唤它

从“冬蛰的虫蛹”到“群众”，由细小之物的微动到人群的喧哗，太阳如春，唤醒万物。

于是我的心胸
被火焰之手撕开
陈腐的灵魂
搁弃在河畔
我乃有对于人类再生之确信

“撕”字有何妙处？

一九三七年春

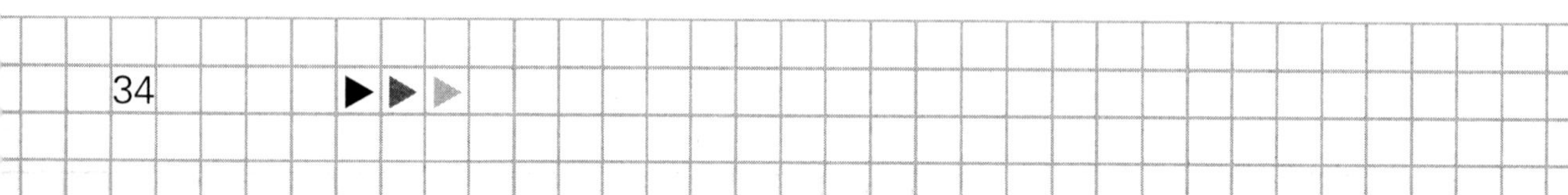

煤的对话——A-Y.R.

你住在哪里?

我住在万年的深山里
我住在万年的岩石里

你的年纪——

我的年纪比山的更大
比岩石的更大

你从什么时候沉默的?

从恐龙统治了森林的年代
从地壳第一次震动的年代

本诗以对话的方式呈现，一问一答，语言朴实平易。

你已死在过深的怨愤里了吗?

死？不，不，我还活着——
请给我以火，给我以火！

你如何理解这句诗？“煤”给了我们怎样的启示?

一九三七年春

春

春天了
龙华的桃花开了
在那些夜间开了
在那些血斑点点的夜间
那些夜是没有星光的
那些夜是刮着风的
那些夜听着寡妇的咽泣
而这古老的土地呀
随时都像一只饥渴的野兽
舐吮着年轻人的血液
顽强的人之子的血液
于是经过了悠长的冬日
经过了冰雪的季节
经过了无限困乏的期待
这些血迹，斑斑的血迹
在神话般的夜里
在东方的深黑的夜里
爆开了无数的蓓蕾
点缀得江南处处是春了
人间：春从何处来？
我说：来自郊外的墓窟。

一九三七年四月

此处点明桃花的生长环境。

写出了战争的残酷与暴戾。

“爆”字用得好吗？为什么？

结合全诗，说说“春天”和“桃花”各指代什么？诗人在诗中表达了怎样的情感？

生　命

有时
我伸出一只赤裸的臂
平放在壁上
让一片白垩[1]的颜色
衬出那赭[2]黄的健康

青色的河流鼓动在土地里
蓝色的静脉鼓动在我的臂膀里

“白垩”“赭黄”“青色”“蓝色”，颜色鲜明，画面生动丰富。

五个手指
是五支新鲜的红色
里面旋流着
土地耕植者的血液

诗人并未描绘全身，而以五指作为代表而去呈现生命，有何好处？

我知道
这是生命
让爱情的苦痛与生活的忧郁
让它去担载吧，
让它喘息在
世纪的辛酷的犁轭下，
让它去欢腾，去烦恼，去笑，去哭吧，
它将鼓舞自己
直到颓然地倒下！

① 白垩（è）：石灰岩的一种，白色、质软，分布很广，用作粉刷材料等。

② 赭（zhě）：红褐色。

这是应该的
依照我的愿望
在期待着的日子
也将要用自己的悲惨的灰白
去衬映出
新生的跃动的鲜红。

一九三七年四月

从“担载”“欢腾”“悲惨的灰白”“跃动的鲜红”等词中，你感受到了生命有什么特征？

浪

你也爱那白浪吗——
它会啮啃岩石
更会残忍地折断船橹
撕碎布帆

“啃啮”“撕碎”写出了浪的破坏性巨大。

没有一刻静止
它自满地谈述着
从古以来的
航行者的悲惨的故事

或许是无理性的
但它是美丽的

为何说浪是“无理性的”却又是“美丽的”？

而我却爱那白浪
——当它的泡沫溅到我的身上时
我曾起了被爱者的感激

一九三七年五月二日　吴淞炮台湾

黎　明

当我还不曾起身
两眼闭着
听见了鸟鸣
听见了车声的隆隆
听见了汽笛的嘶叫
我知道
你又叩开白日的门扉了……

“鸟鸣”“车声的隆隆”“汽笛的嘶叫”暗示了黎明的到来。

黎明，
为了你的到来
我愿站在山坡上，
像欢迎
从田野那边疾奔而来的少女，
向你张开两臂——
因为你，
你有她的纯真的微笑，
和那使我迷恋的草野的清芬。

诗人将黎明比作“少女”，表达出诗人对黎明的喜爱。

我怀念那：
同着伙伴提了篾篮
到田堤上的豆棚下
采撷豆荚的美好的时刻啊——
我常进到最密的草丛中去，
让露水浸透了我的草鞋，
泥浆也溅满我的裤管，
这是自然给我的抚慰，
我将狂欢而跳跃……

我也记起
在远方的城市里
在浓雾蒙住建筑物的每个早晨，
我常爱在街上无目的地奔走，
为的是
你带给我以自由的愉悦，
和工作的热情。

诗人记忆中的黎明是怎样的？诗人写记忆中的黎明有什么用意呢？

但我却不愿
看见你罩上忧愁的面纱——
因我不能到田间去了，
也不能在街上奔跑——
一切都沉默着，
望着阴郁的雨滴徘徊在我的窗前
我会联想到：死亡，战争，
和人间一切的不幸……

黎明啊，
要是你知道我曾对你
有比对自己的恋人
更不敢拂逆和迫切的期待啊——

当我在那些苦难的日子，
悠长的黑夜
把我抛弃在失眠的卧榻上时，
我只会可怜地凝视着东方，
用手按住温热的胸膛里的急迫的心跳
等待着你——
我永远以坚苦的耐心，
希望在铁黑的天与地之间
会裂出一丝白线——
纵使你像故意折磨我似的延迟着，

“裂”写出了黑暗的厚重以及黎明的坚韧、充满力量。

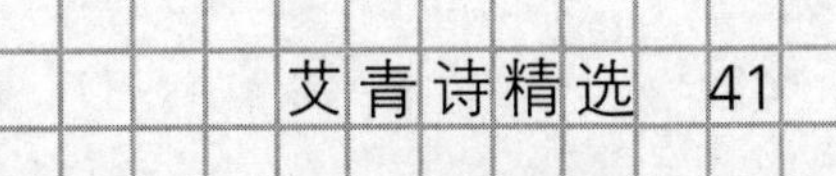

我永不会绝望，
却只以燃烧着痛苦的嘴
问向东方：
“黎明怎不到来？”

而当我看见了你
披着火焰的外衣，
从天边来到阴暗的窗口时啊——
我像久已为饥渴哭泣得疲乏了的婴孩，
看见母亲为他解开裹住乳房的衣襟
泪眼迸出微笑，
心儿感激着，
我将带着呼唤
带着歌唱
投奔到你温煦的怀里。

这句运用了什么手法？体现出诗人对黎明有怎样的情感？

一九三七年五月二十三日晨

死地——为川灾而作

大地已死了！
——躺开着的那万顷的荒原
是它的尸体

它死在绝望里；
临终时
依然睁着枯干的眼
巴望天顶
落下一颗雨滴……

没有雨滴
甚至一颗也没有

看见的到处是：
像被火烧过的
焦黑的麦穗
与枯黄的麦秆
与龟裂了的土地

“焦黑”“枯黄”“龟裂”，旱灾后的大地，死气沉沉。

那些麻雀呢？
那些曾用小眼
偷看着我们的田鼠呢？
一切都完了！

几千万的“地之子”，
从山坡到山坡，
从田原到田原，
寻找着，寻找着

一根草，一片树叶……

没有草
也没有树叶
——因为每一点绿色
必须有一滴露珠的润泽呀
给我们那些金黄的颗粒吧！
给我们那些
闪着收获者欣喜的汗珠的颗粒吧！

给我们雨滴吧——
让我们的妇女
再唱一次感恩的歌，
让我们
再饮一次酬神的酒吧！

向着天
千万人一齐地跪下

但是
没有雨滴！

感叹号的使用，有什么好处？

几千万的“地之子”，
从山坡到山坡，
从田原到田原，
找不到草
找不到树叶
疲乏地喘息着……

哪儿去了？
——那些每年背了征粮的袋子
来搜劫
我们留在坛里的

最后的谷粒到哪儿去了？

还有那些
在讨债时带走了
我们妻女的首饰的人呢？

连用三个反问，是民众强烈的控诉和绝望心情的深刻表达。

村上不再有鸡犬的鸣叫
屋顶也不再冒出炊烟了
到处是男人的叹息
女人的咽泣
与孩童的哀号……

于是他们——千万的“地之子”
伸出无数的手
像冬天的林木的枯枝般的手
向死亡的大地的心脏
挖掘食粮

“枯枝”“挖掘”等词语的使用，形象刻画了灾后人们的挣扎与痛苦。

可怜的“地之子”们啊
终于从泥土的滋味
尝到大地母亲蕴藏着的
千载的痛苦。

于是他们
相继地倒毙了！
——像草
像麦秆
在哑了的河畔
在僵硬了的田原。

而那些活着的
他们聚拢了——
像黑色的旋风

从古以来没有比这更大的旋风
卷起了黑色的沙土
在流着光之溶液的天幕下
他们旋舞着愤怒，
旋舞着疯狂……

> 扑面而来的窒息感，深重的灾难让人喘不过气。

从死亡的大地
到死亡的大地
你知道
那旋转着，旋转着的
旋风它渴望着什么呢？

我说
如有人点燃了那饥饿之火啊……

> 艾青曾说：“这结尾，是我冒险而写的，我渴望有人点燃愤怒的大火，可能是愤怒之火、燎原之火，是渴望消灭苦难之火。”

一九三七年六月三十日

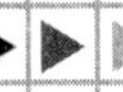
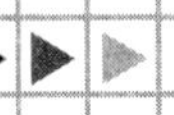

复活的土地

腐朽的日子
早已沉到河底，
让流水冲洗得
快要不留痕迹了；

河岸上
春天的脚步所经过的地方，
到处是繁花与茂草；
而从那边的丛林里
也传出了
忠心于季节的百鸟之
高亢的歌唱。

播种者啊
是应该播种的时候了，
为了我们肯辛勤地劳作
大地将孕育
金色的颗粒。
就在此刻，
你——悲哀的诗人呀，
也应该拂去往日的忧郁，
让希望苏醒在你自己的
久久负伤着的心里：

因为，我们的曾经死了的大地，
在明朗的天空下
已复活了！

这三小节中的“腐朽的日子”“春天的脚步”“播种者”指的是什么？

在这里“复活”的是什么？

——苦难也已成为记忆，
在它温热的胸膛里
重新漩流着的
将是战斗者的血液。

诗的结尾表达了作者不畏惧苦难、冲破桎梏的决心。

一九三七年七月六日　沪杭路上

他起来了

他起来了——
从几十年的屈辱里
从敌人为他掘好的深坑旁边

“掘”字有何好处？

他的额上淋着血
他的胸上也淋着血
但他却笑着
——他从来不曾如此地笑过

他笑着
两眼前望且闪光
像在寻找
那给他倒地的一击的敌人

在这里句诗中，我们看到了怎样的中国？

他起来了
他起来
将比一切兽类更勇猛
又比一切人类更聪明

因为他必须如此
因为他
　　必须从敌人的死亡
夺回来自己的生存

两个“必须”使情感表达更为强烈。

一九三七年十月十二日　杭州

雪落在中国的土地上

雪落在中国的土地上，
寒冷在封锁着中国呀……

风，
像一个太悲哀了的老妇，
紧紧地跟随着
伸出寒冷的指爪
拉扯着行人的衣襟，
用着像土地一样古老的话
一刻也不停地絮聒着……

继续往下读，想一想：风在“絮聒”着什么呢？

那从林间出现的，
赶着马车的
你中国的农夫
戴着皮帽
冒着大雪
你要到哪儿去呢？

告诉你
我也是农人的后裔——
由于你们的
刻满了痛苦的皱纹的脸
我能如此深深地
知道了

生活在草原上的人们的
岁月的艰辛。

而我
也并不比你们快乐啊
——躺在时间的河流上
苦难的浪涛
曾经几次把我吞没而又卷起——
流浪与监禁
已失去了我的青春的
最可贵的日子，
我的生命
也像你们的生命
一样地憔悴呀

诗人与国家、与受难的人民共命运。

雪落在中国的土地上，
寒冷在封锁着中国呀……

沿着雪夜的河流，
一盏小油灯在徐缓地移行，
那破烂的乌篷船里
映着灯光，垂着头
坐着的是谁呀？

“小油灯”在乌黑的夜里，力量微弱。

——啊，你
蓬发垢面的少妇，
是不是
你的家
——那幸福与温暖的巢穴——
已被暴戾的敌人
烧毁了吗？
是不是
也像这样的夜间，
失去了男人的保护，
在死亡的恐怖里

想象一下，没经历苦难的少妇会是怎样的呢？

你已经受尽敌人刺刀的戏弄?

咳，就在如此寒冷的今夜，
无数的

我们的年老的母亲，
都蜷伏在不是自己的家里，
就像异邦人
不知明天的车轮
要滚上怎样的路程……
——而且
中国的路
是如此地崎岖
是如此地泥泞呀。

“崎岖”“泥泞”，道出了中国的艰辛。

雪落在中国的土地上，
寒冷在封锁着中国呀……

透过雪夜的草原
那些被烽火所啮啃着的地域，
无数的，土地的垦殖者
失去了他们所饲养的家畜
失去了他们肥沃的田地
拥挤在
生活的绝望的污巷里：
饥馑的大地
朝向阴暗的天
伸出乞援的
颤抖着的两臂。

“啮啃”一词，写出了烽火的残暴与无情。

“饥馑”“乞援”“颤抖”几个词，让我们感受到充斥于中国大地上的寒冷与绝望。

中国的苦痛与灾难
像这雪夜一样广阔而又漫长呀！
雪落在中国的土地上，

寒冷在封锁着中国呀……

中国
我的在没有灯光的晚上
所写的无力的诗句
能给你些许的温暖吗？

你觉得诗人的诗句能给予中国温暖吗？结合诗文，说说你的看法。

一九三七年十二月二十八日夜间

手推车

在黄河流过的地域
在无数的枯干了的河底
手推车
以唯一的轮子
发出使阴暗的天穹痉挛的尖音
穿过寒冷与静寂
从这一个山脚
到那一个山脚
彻响着
北国人民的悲哀

刻画了人民的痛苦和悲怆的挣扎。

在冰雪凝冻的日子
在贫穷的小村与小村之间
手推车
以单独的轮子
刻画在灰黄土层上的深深的辙迹
穿过广阔与荒漠
从这一条路
到那一条路
交织着
北国人民的悲哀

“单独的轮子”与广阔的天地形成了强烈对比，渺小的人民以不屈的精神在与困难斗争。

手推车的命运给予了人民启示，人们应该如何摆脱这沉重的悲哀呢？

一九三八年初

风陵渡

风吹着黄土层上的黄色的泥沙
风吹着黄河的污浊的水
风吹着无数的古旧的渡船
风吹着无数渡船上的古旧的布帆
黄色的泥沙
使我们看不见远方
黄河的水
激起险恶的浪
古旧的渡船
载着我们的命运
古旧的布帆
突破了风，要把我们
带到彼岸
风陵渡是险恶的
黄河的浪是险恶的
听啊
那野性的叫喊
它没有一刻不想扯碎我们的渡船
和鲸吞我们的生命
而那潼关啊
潼关在黄河的彼岸
它庄严地
守卫着祖国的平安。

“黄沙”“黄河”“黄土层”，连用三个“黄”，极力渲染出风陵渡的混沌昏沉。

“扯碎”“鲸吞”形象地写出了环境的险恶、风陵渡的残酷以及人们力量的微薄。

人们冲向彼岸的潼关，是为了什么？

一九三八年初　风陵渡

北　方

此处引用诗人的一句话作为诗歌开篇，读者眼前仿佛铺开了辽阔的大草原。

朗读1~3小节，用自己的话概述“北国的悲哀”是什么？

写出了北方的荒凉与阴郁。

一天
那个科尔沁草原上的诗人[1]
对我说：
“北方是悲哀的。”

不错
北方是悲哀的。
从塞外吹来的
沙漠风，
已卷去北方的生命的绿色
与时日的光辉
——一片暗淡的灰黄
蒙上一层揭不开的沙雾；
那天边疾奔而至的呼啸
带来了恐怖
疯狂地
扫荡过大地；
荒漠的原野
冻结在十二月的寒风里，
村庄呀，山坡呀，河岸呀，
颓垣与荒冢呀
都披上了土色的忧郁……
孤单的行人，
上身俯前
用手遮住了脸颊，

① 科尔沁草原上的诗人，指我国著名作家端木蕻良。

在风沙里
困苦地呼吸
一步一步地
挣扎着前进……
几只驴子
——那有悲哀的眼
和疲乏的耳朵的畜生，
载负了土地的
痛苦的重压，
它们厌倦的脚步
徐缓地踏过
北国的
修长而又寂寞的道路……

那些小河早已枯干了
河底也已画满了车辙，
北方的土地和人民
在渴求着
那滋润生命的流泉啊！
枯死的林木
与低矮的住房
稀疏地，阴郁地
散布在灰暗的天幕下；
天上，
看不见太阳，
只有那结成大队的雁群
惶乱的雁群
击着黑色的翅膀
叫出它们的不安与悲苦，
从这荒凉的地域逃亡
逃亡到
绿荫蔽天的南方去了……

诗人在描写北方的悲哀时运用了许多意象，请找出这些意象，体会诗人运用这些意象的用意。

北方是悲哀的
而万里的黄河
汹涌着浑浊的波涛
给广大的北方
倾泻着灾难与不幸；
而年代的风霜
刻画着
广大的北方的
贫穷与饥饿啊。

而我
——这来自南方的旅客，
却爱这悲哀的北国啊。
扑面的风沙
与入骨的冷气
决不曾使我咒诅；
我爱这悲哀的国土，
一片无垠的荒漠
也引起了我的崇敬
——我看见
我们的祖先
带领了羊群
吹着笳笛
沉浸在这大漠的黄昏里；
我们踏着的
古老的松软的黄土层里
埋有我们祖先的骸骨啊，
——这土地是他们所开垦
几千年了
他们曾在这里
和带给他们以打击的自然相搏斗
他们为保卫土地，
从不曾屈辱过一次，

诗人的情感由低沉转向了昂扬。

他们死了
把土地遗留给我们——
我爱这悲哀的国土，
它的广大而瘦瘠的土地
带给我们以淳朴的言语
与宽阔的姿态，
我相信这言语与姿态，
坚强地生活在大地上
永远不会灭亡；
我爱这悲哀的国土，
古老的国土
——这国土
养育了为我所爱的
世界上最艰苦
与最古老的种族。

伤痕累累的祖国，深埋着诗人的崇敬与爱意。

一九三八年二月四日　潼关

乞丐

在北方
乞丐徘徊在黄河的两岸
徘徊在铁道的两旁

在北方
乞丐用最使人厌烦的声音
呐喊着痛苦
说他们来自灾区
来自战地

饥饿是可怕的
它使年老的失去仁慈
年幼的学会憎恨

在北方
乞丐用固执的眼
凝视着你
看你在吃任何食物
和你用指甲剔牙齿的样子

在北方
乞丐伸着永不缩回的手
乌黑的手
要求施舍一个铜子
向任何人
甚至那掏不出一个铜子的兵士

一九三八年春　陇海道上

诗人笔下的乞丐形象生动，阅读全诗，谈谈诗人是从哪几个方面来写乞丐的困境的？

结尾突然出现的兵士与乞丐有何联系？

向太阳

从远古的墓茔
从黑暗的年代
从人类死亡之流的那边
震惊沉睡的山脉
若火轮飞旋于沙丘之上
太阳向我滚来……
——引自旧作《太阳》

> “滚”写出了太阳的气势恢宏、摄人心魄。

一　我起来

我起来——
像一只困倦的野兽
受过伤的野兽
从狼藉着败叶的林薮
从冰冷的岩石上
挣扎了好久
支撑着上身
睁开眼睛
向天边寻觅……

> 将“受伤的民族”比喻成困倦的野兽，“挣扎”一词呈现出在逆境中不停止战斗的勇士形象。

我——
是一个
从遥远的山地
从未经开垦的山地
到这几千万人
用他们的手劳作着

用他们的嘴呼嚷着
用他们的脚走着的城市来的
旅客，
我的身上
酸痛的身上
深刻地留着
风雨的昨夜的
长途奔走的疲劳

但
我终于起来了
我打开窗
用囚犯第一次看见光明的眼
看见了黎明
——这真实的黎明啊

“黎明”的到来是由于人们的坚持。

（远方
似乎传来了群众的歌声）
于是我想到街上去

二　街上

早安啊
你站在十字街头
车辆过去时
举着白袖子的手的警察
早安啊
你来自城外的
挑着满箩绿色的菜贩
早安啊
你打扫着马路的

穿着红色背心的清道夫
早安啊
你提了篮子，第一个到菜场去的
棕色皮肤的年轻的主妇
我相信
昨夜
你们决不像我一样
被不停的风雨所追踪
被无止的噩梦所纠缠
你们都比我睡得好啊！

街上的生活充满着朝气和生机。

诗人因长期的噩梦缠身，灾难对诗人心灵摧残严重，他的心情并未完全明朗。

三　昨天

昨天
我在世界上
用可怜的期望
喂养我的日子
像那些未亡人
披着麻缕
用可怜的回忆
喂养她们的日子一样

昨天
我把自己的国土
当作病院
——而我是患了难于医治的病的
没有哪一天
我不是用迟滞的眼睛
看着这国土的
没有边际的凄惨的生命……
没有哪一天

微信扫码
★配套音频
★知识梳理
★智能题库
★读写提升

“迟滞”“凄惨”“呆钝”“呻吟”是我们遭遇苦难的后遗症，是内心难以磨灭伤痛的表露。

我不是用呆钝的耳朵
听着这国土的
没有止息的痛苦的呻吟

昨天
我把自己关在
精神的牢房里
四面是灰色的高墙
没有声音
我沿着高墙
走着又走着
我的灵魂
不论白日和黑夜
永远地唱着
一曲人类命运的悲歌

昨天
我曾狂奔在
阴暗而低沉的天幕下的
没有太阳的原野
到山巅上去
伏倒在紫色的岩石上
流着温热的眼泪
哭泣我们的世纪

现在好了
一切都过去了

四　日出

太阳向我滚来……

当它来时……
城市从远方
用电力与钢铁召唤它
——引自旧作《太阳》

太阳
从远处的高层建筑
——那些水门汀与钢铁所砌成的山
和那成百的烟囱
成千的电线杆子
成万的屋顶
所构成的
密丛的森林里
出来了……

太阳穿越了重重困境，
来到了人间。

在太平洋
在印度洋
在红海
在地中海
在我最初对世界怀着热望
而航行于无边蓝色的海水上的少年时代
我都曾看着美丽的日出
但此刻
在我所呼吸的城市
喷发着煤油的气息
柏油的气息
混杂的气息的城市
敞开着金属的胴体
矿石的胴体
电火的胴体的城市
宽阔地
承受黎明的爱抚的城市
我看见日出

“黎明”“日出”给我们什么样的感受？

比所有的日出更美丽

五　太阳之歌

是的
太阳比一切都美丽
比处女
比含露的花朵
比白雪
比蓝的海水
太阳是金红色的圆体
是发光的圆体
是在扩大着的圆体

这几处比喻，说明了太阳有怎样的特点？

惠特曼
从太阳得到启示
用海洋一样开阔的胸襟
写出海洋一样开阔的诗篇

凡谷
从太阳得到启示
用燃烧的笔
蘸着燃烧的颜色
画着农夫耕犁大地
画着向日葵

邓肯
从太阳得到启示
用崇高的姿态
披示给我们以自然的旋律

太阳
它更高了
它更亮了
它红得像血

太阳
它使我想起　法兰西　美利坚的革命
想起　博爱　平等　自由
想起　德谟克拉西
想起　《马赛曲》《国际歌》
想起　华盛顿　列宁　孙逸仙
和一切把人类从苦难里拯救出来的
人物的名字

是的
太阳是美的
且是永生的

诗人铺陈了几个例子，写出了太阳强大的影响力。此处直抒胸臆，赞颂太阳。

六　太阳照在

初升的太阳
照在我们的头上
照在我们的久久地低垂着
不曾抬起过的头上
太阳照着我们的城市和村庄
照着我们的久久的住着
屈服在不正的权力下的城市和村庄
太阳照着我们的田野、河流和山峦
照着我们的从很久以来
到处都蠕动着痛苦的灵魂的
田野、河流和山峦……

今天
太阳的炫目的光芒
把我们从绝望的睡眠里刺醒了
也从那遮掩着无限痛苦的迷雾里
刺醒了我们的城市和村庄
也从那隐蔽着无边忧郁的烟雾里
刺醒了我们的田野，河流和山峦
我们仰起了沉重的头颅
从濡湿的地面
一致地
向高空呼嚷
“看我们
我们
笑得像太阳！”

是太阳，让我们脱离苦难和阴郁。

此处刻画了在太阳下生活的、充满了希望的人们。

七　在太阳下

“看我们
我们
笑得像太阳！”

那边
一个伤兵
支撑着木制的拐杖
沿着长长的墙壁
跨着宽阔的步伐
太阳照在他的脸上
照在他纯朴地笑着的脸上
他一步一步地走着
他不知道我在远处看着他

当他的披着绣有红十字的灰色衣服的
高大的身体
走近我的时候
这太阳下的真实的姿态
我觉得
比拿破仑的铜像更漂亮
太阳照在
城市的上空

街上的人
这么多，这么多
他们并不曾向我打招呼
但我向他们走去
我看着每一个从我身边走过的人
对他们
我不再感到陌生

太阳照着他们的脸
照着他们的
光洁的，年轻的脸
发皱的，年老的脸
红润的，少女的脸
善良的，老妇的脸
和那一切的
昨天还在惨愁着但今天却笑着的脸
他们都匆忙地
摆动着四肢
在太阳光下
来来去去地走着
——好像他们被同一的意欲所驱使似的
他们含着微笑的脸
也好像在一致地说着
“我们爱这日子

不是因为我们
看不见自己的苦难
不是因为我们
看不见饥饿与死亡
我们爱这日子
是因为这日子给我们
带来了灿烂的明天的
最可信的音讯。”

多读几遍，感受太阳给予苦难的人们的感染力。

太阳光
闪烁在古旧的石桥上……
几个少女——
那些幸福的象征啊
背着募捐袋
在石桥上
在太阳下
唱着清新的歌
“我们是天使
健康而纯洁
我们的爱人
年轻而勇敢
有的骑战马
驰骋在旷野
有的驾飞机
飞翔在天空……”
（歌声中断了，她们在向行人募捐）
现在
她们又唱了
“他们上战场
奋勇杀敌人
我们在后方
慰劳与宣传
一天胜利了

此处歌颂少女们为战争奔走的热情。

欢聚在一堂……”
她们的歌声
是如此悠扬
太阳照着她们的
骄傲地突起的胸脯
和袒露着的两臂
和发出尊严的光辉的前额
她们的歌
飘到桥的那边去了……

太阳的光
泛滥在街上

浴在太阳光里的
街的那边
一群穿着被煤烟弄脏了的衣服的工人
扛抬着一架机器
——金属的棱角闪着白光
太阳照在
他们流汗的脸上
当他们每一步前进时
他们发出缓慢而沉洪的呼声
“杭——唷
杭——唷
我们是工人
工人最可怜
贫穷中诞生
劳动里成长
一年忙到头
为了吃与穿
吃又吃不饱
穿又穿不暖
杭——唷

杭——唷
自从八一三
敌人来进攻
工厂被炸掉
东西被抢光
几千万工友
饥饿与流亡
我们在后方
要加紧劳动
为国家生产
为抗战流汗
一天胜利了
生活才饱暖
杭——唷
杭——唷……”
他们带着不止的杭唷声
转弯了……

太阳光
泛滥在旷场上
旷场上
成千的穿草黄色制服的士兵
在操演
他们头上的钢盔
和枪上的刺刀
闪着白光
他们以严肃的静默
等待着
那及时的号令
现在
他们开步了
从那整齐的步伐声里
我听见

"一！二！三！四！
一！二！三！四！
我们是从田野来的
我们是从山村来的
我们生活在茅屋
我们呼吸在畜棚
我们耕犁着田地
田地是我们的生命
但今天
敌人来到我们的家乡
我们的茅屋被烧掉
我们的牲口被吃光
我们的父母被杀死
我们的妻女被强奸
我们没有了镰刀与锄头
只有背上了子弹与枪炮
我们要用闪光的刺刀
抢回我们的田地
回到我们的家乡
消灭我们的敌人
敌人的脚踏到哪里
敌人的血流到哪里……
……
一！二！三！四！
一！二！三！四！
……"

写出了士兵操练的场景，渲染了战争的紧张氛围。

强调了战争给人们带来的苦难。

这真是何等的奇遇啊……

八　今天

今天

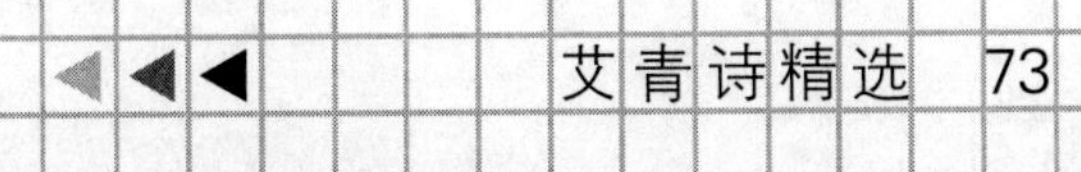

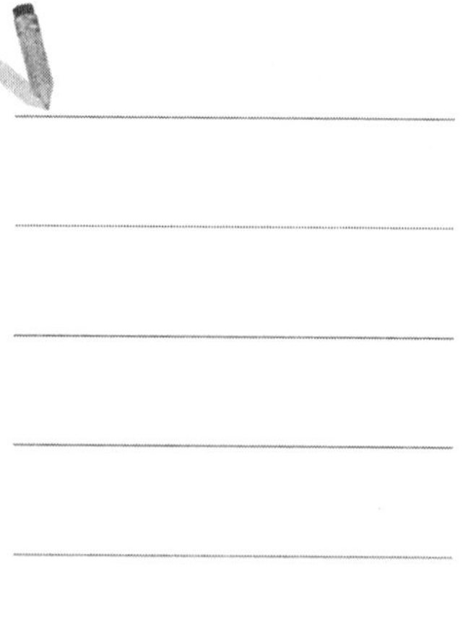

奔走在太阳的路上
我不再垂着头
把手插在裤袋里了
嘴也不再吹那寂寞的口哨
不看天边的流云
不彷徨在人行道

今天
在太阳照着的人群当中
我决不专心寻觅
那些像我自己一样惨愁的脸孔了

今天
太阳吻着我昨夜流过泪的脸颊
吻着我被人世间的丑恶厌倦了的眼睛
吻着我为正义喊哑了声音的嘴唇
吻着我这未老先衰的
啊！快要佝偻了的背脊

今天
我听见
太阳对我说
“向我来
从今天
你应该快乐些啊……”

于是
被这新生的日子所蛊惑
我欢喜清晨郊外的军号的悠远的声音
我欢喜拥挤在忙乱的人丛里
我欢喜从街头敲打过去的锣鼓的声音
我欢喜马戏班的演技
当我看见了那些原始的，粗暴的，健康的运动

我会深深地爱着它们
——像我深深地爱着太阳一样

今天
我感谢太阳
太阳召回了我的童年了

此处运用了排比的手法，太阳到来，诗人的阴霾一扫而空。“我”在太阳下，犹如新生，欢喜而兴奋。

九　我向太阳

我奔驰
依旧乘着热情的轮子
太阳在我的头上
用不能再比这更强烈的光芒
燃灼着我的肉体
由于它的热力的鼓舞
我用嘶哑的声音
歌唱了：
“于是，我的心胸
被火焰之手撕开
陈腐的灵魂
搁弃在河畔……”
这时候
我对我所看见所听见
感到了从未有过的宽怀与热爱
我甚至想在这光明的际会中死去……

这是诗人内心情感的真诚表露：他愿意为了光明的到来，献出自己宝贵的生命，这是高贵的战士，是祖国光明必然会到来的预示。

一九三八年四月　在武昌

黄　昏

黄昏的林子是黑色而柔和的
林子里的池沼是闪着白光的
而使我沉溺地承受它的抚慰的风啊
一阵阵地带给我以田野的气息……

一黑一白的映衬，轻柔的晚风，写出了黄昏田野间的静谧。

我永远是田野气息的爱好者啊……
无论我漂泊在哪里
当黄昏时走在田野上
那如此不可排遣地困惑着我的心的
是对于故乡路上的畜粪的气息
和村边的畜棚里的干草的气息的记忆啊……

“畜粪的气息”“畜棚里的干草的气息”，以点带面，表达了作者对故乡土地的深沉怀念。

一九三八年七月十六日黄昏　武昌

秋日游

爱看晴朗的秋日的
云影走过的草原，
草原的低洼处
星散着白色的山羊，
它们各自啮啃着青草，
没有一个人去看管；
新筑的黄土公路沿着小溪
弯进了杂色的树林，
又出现在远方的
照着阳光的山坡上……
我们不是去访久别的朋友，
只因为这是初次走的路
在云影和阳光隐现的路上
徐缓地走着而感到单纯的欢喜……
云团在空中腾涌着
从太阳光里却飘下雨滴，
雨，随着愈下愈大了，
但四方的原野
却仍在阳光里伸展着；
我们在一个山村旁边的
几棵大树的根上坐下躲雨。
雨却又像急速的行军转向北方去了……
此刻留下的是润湿的凉气……
踏上闪着水光的石板路
走过新造的石桥
走过一个山冈
那大树林就以它的无边的阴影

“走”刻画了云影的闲适，情景交融，亦写出了诗人的闲适。

“弯”字传神地写出了公路的若隐若现，极具诗意。

迎接了我们——
这是一个由榉子树，樟树，松树
和各种不知名的树挤集成的树林啊……
当我们跨进了树林，
在草地上坐下时，
我们就惊乱了无数的白色的鹭鸶鸟——
它们拍着翅膀
嘴里发出鸣叫
在从密的绿色中飞起——
它们大概是久久栖息在这里的隐世者吧。

动静结合，写出了雨后的静谧，增添了秋日的灵气。

一九三八年八月初　衡山

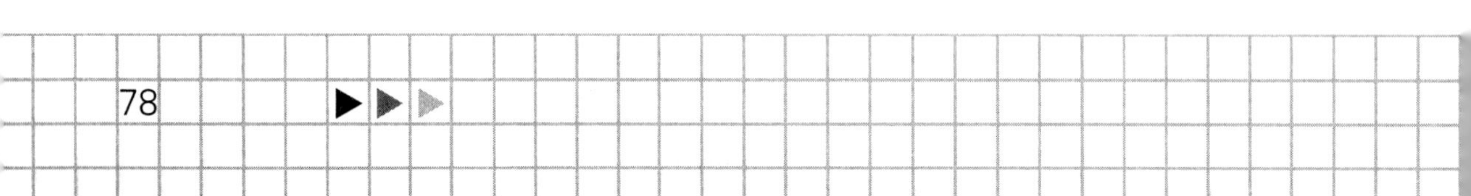

斜 坡

金黄的太阳辐射到
远远的小山的斜坡上——
那斜坡刚才是被薄雾遮住的，
而现在，我们可以看见
它的红的泥土和浅绿的草所缀成的美丽的脉络了……

“金黄”“红”“浅绿”相互映衬，薄雾散开后的斜坡丰富多彩。

我想：斜坡的下面是有村庄的吧——
以光洁的岩石当晒场
也该有壮健的少妇卷上袖管
在铺晒着昨天刚收割的谷类吧；
而她的男人赤着上身挑着担
从那昏暗的小门口走出；
而她的孩子则坐在岩石的边上
在叫唤着她……

农家生活虽物质匮乏，但精神富庶。

但这一切，从这里都是看不见的啊——
一条长长的丛密的杂色的林木
已遮去了有丰富的图画的斜坡的下部。

结合全诗思考：“丛密的杂色的林木”指的是什么？“丰富的图画”又体现了作者怎样的追求？

一九三八年八月　衡山

我爱这土地

鸟儿的喉咙因何而嘶哑？

这片土地遭受了沉重的苦难。

结尾直抒胸臆，表达了诗人对这片国土至死不渝的深沉热爱。

假如我是一只鸟，
我也应该用嘶哑的喉咙歌唱：
这被暴风雨所打击着的土地，
这永远汹涌着我们的悲愤的河流，
这无止息地吹刮着的激怒的风，
和那来自林间的无比温柔的黎明……
——然后我死了，
连羽毛也腐烂在土地里面。

为什么我的眼里常含泪水？
因为我对这土地爱得深沉……

一九三八年十一月十七日

一 阅读规划表

时间进度	阅读活动	具体要求	策略点拨
第一周 第二周	初读感知 自主欣赏	阅读20世纪30年代、40年代的作品，了解新中国成立前艾青诗歌的内容和主要表达的情感。	诗歌离不开朗诵。在朗诵时，注意重音、停连、节奏等，把握诗歌的感情基调。思考诗歌的感情基调主要是通过哪些词语或形式表现出来的，有哪些意象，分别具有怎样的特点，通过这些意象描绘了怎样的画面。
第三周 第四周	初读感知 自主欣赏	阅读20世纪50年代、70年代的作品，了解新中国成立后艾青诗歌的内容和主要表达的情感。	诗歌在情感美的背后，往往蕴藏着理性美。在上述策略的基础上，还要体会诗歌中蕴含的耐人寻味的哲理。
第五周	选诗细品 编辑诗集	在初读的基础上选择自己最喜欢的十首诗歌，重新编辑一本“我的《艾青诗选》”，给诗选拟写题目、撰写前言，并为诗选配图、给十首诗歌进行批注。	尝试探讨诗歌的意象。进行批注时，可以将艾青诗歌中已经形成系列，带有诗人独特气质的意象，如“土地”“太阳”“手推车”等进行汇总归纳。分析诗歌的艺术手法。艾青的诗不拘泥于形式，常常运用有规律的排比、复沓，在批注时说说它在写法上有什么特点。

续表

时间进度	阅读活动	具体要求	策略点拨
第六周	新编诗选交流举办班级朗诵会	交流展示自己所编辑的诗集，比对自己与其他同学所选诗歌间的异同。每位同学准备好自己选择的艾青诗作，预先做好朗诵准备，揣摩技巧方法，读出感情和节奏。	交流时，同学们可以分享为何选择这十首诗，如何拟写诗选题目和前言，为这十首诗批注了什么内容。在交流的过程中，完成统编教材中的三个专题探讨：探讨诗歌的意象、分析诗歌的艺术手法、举办诗歌朗诵会。
第七周	尝试创作交流分享	自拟题目，创作一首诗。或模仿《我爱这土地》《乡愁》创作一首同题诗歌。	写诗可以直抒胸臆，也可以借助具体可感的形象来抒写情志，更多的时候是二者有机结合在一起的。写诗，要注意语言的简洁、凝练以及节奏。

二 知识积累

一、词语运用

词语	词义	篇目	诗句
战栗	发抖	《当黎明穿上了白衣》	微黄的灯光，正在电杆上战栗它的最后的时间

续表

词语	词义	篇目	诗句
悉索	这里作象声词	《大堰河——我的保姆》	她含着笑，切着冰屑悉索的萝卜
翩（蹁）跹	形容轻快地跳舞	《铁窗里》	看见温煦的朝日在翩跹的鸽群的白羽上闪光
迎迓	迎接	《铁窗里》	在迎迓一切新的希冀——在黄昏里希冀皓月和繁星
香洌	芳香清凉	《画者的行吟》	坐在它的肚下，挤着香洌的牛乳
瑟缩	指身体因寒冷、受惊等而蜷缩抖动	《黎明》	梦，已随天边的星坠了/瑟缩的心不再有鼓翼的勇气
沓杂	繁杂；杂乱繁多	《九百个》	在沓杂的脚步声里，听：“我们没有幸福，我们都是奴隶！”
赭色	中国传统色彩名词，一般指红褐色	《九百个》	我恨你被雨水打着的/赭色的林子啊！
踉踉跄跄	走路歪歪斜斜的样子	《九百个》	那两个长官从破庙外走来，踉踉跄跄地
匍匐	指爬行或爬	《晨歌》	愿你借大鹏鸟的羽光/给沉睡的世界，和它的/匍匐着的众生以抚慰吧！

续表

词语	词义	篇目	诗句
祈祷	信仰宗教的人向神默告自己的愿望	《春雨》	我将给篱笆边上的农妇 /和她的怀孕的牝牛以祈祷
舐吮	吮吸	《春》	而这古老的土地呀/随时都像一只饥渴的野兽/舐吮着年轻过人的血
颓然	形容败兴的样子	《生命》	它将鼓舞自己/直到颓然地倒下
采撷	采摘；采集	《黎明》	到田堤上的豆棚下/采撷豆荚的美好的时刻啊
高亢	声音高而洪亮	《复活的土地》	也传出了/忠心于季节的百鸟之/高亢的歌唱
絮聒	絮叨不停使人厌烦	《雪落在中国的土地上》	用着像土地一样古老的话/一刻不停地絮聒着
蜷伏	弯着身体卧着	《雪落在中国的土地上》	我们的年老的母亲，都蜷伏在不是自己的家里
林薮	指山林水泽，草木丛生的地方	《向太阳》	受过伤的野兽/从狼藉着败叶的林薮
沉溺	指无节制地沉湎或放纵	《黄昏》	而使我沉溺地承受它的抚慰的风啊/一阵阵地带给我以田野的气息
聒噪	声音杂乱；吵闹	《冬日的林子》	没有色泽的冬日是可爱的/没有鸟的聒噪的冬日是可爱的

续表

词语	词义	篇目	诗句
跋涉	爬山蹚水，形容旅途艰苦	《桥》	苦于跋涉的人类，应该感谢桥啊
狼藉	杂乱不堪的样子；乱七八糟	《旷野》	田亩已荒芜了——狼藉着犁翻了的土地
盘踞	非法占据；霸占（地方）	《旷野》	而寒冷与饥饿，愚蠢和迷信啊，就在那些小屋里/强硬地盘踞着
缄默	闭口不说话	《旷野》	旷野啊——你将永远忧虑而容忍/不平而又缄默吗？
踌躇	犹豫；停留	《愿春天早点来》	畏缩这严寒　对于远方的旅行/我踌躇了
斑驳	一种颜色中杂有别种颜色，花花搭搭的	《土地》	不整齐的田亩和池沼毗连着/缀成了颜色斑驳的图案

二、艺术手法

意象	意象就是寓“意”之“象”，就是用来寄托主观情思的客观物象。艾青诗歌中经常出现的太阳、土地、风、雪、山、光等事物都是意象，诗人赋予它们独特的象征意义，借用不同的表现手法，表达丰富、深刻的思想感情。
象征	借助于某一具体事物的外在特征，寄寓艺术家某种深邃的思想，或表达某种富有特殊意义的事理的艺术手法。这种表现手法，能起到寓意深刻，丰富人们的联想，耐人寻味的艺术效果。在艾青的《太阳》中，“太阳”是光明的使者，它的降临带给人们的是兴奋和欢欣。

续表

语言陌生化	这是诗歌语言中的一种表现形式，指的是通过综合运用比喻、拟人、夸张、通感等修辞手法使语言表现与日常表达产生陌生感，从而达到增强语言表现力的效果。在诗歌《伞》中，艾青将伞的形象人格化，借与伞的对话表达深邃的诗意。

知识积累训练题

1. 艾青，原名蒋正涵，号______，中国现代文学史上的著名__________，浙江省______人，主要作品有诗集____________等。

2. 1933年，诗人第一次用艾青的笔名发表的长诗是________________。该诗感情诚挚，诗风清新，轰动诗坛，是艾青的成名作。

3. 二十世纪三十年代是艾青诗歌创作的前期，他创作的绝大部分诗篇都是反映中国________和________的命运的，描写十分生动逼真。

4. 艾青的诗主题鲜明，意象丰富，“土地”和“太阳”是诗人频繁使用的意象。其中“________”凝聚着诗人对祖国、民族、人民最深沉的爱，“________”表现了诗人对新生、光明、希望的追求和向往。

5. 朗读下列诗句，用“/”画出句中停顿。

当我还不曾起身
两眼闭着
听见了鸟鸣
听见了车声的隆隆
听见了汽笛的嘶叫
我知道
你又叩开白日的门扉了……

——节选自《黎明》

6.《太阳》这首诗的第一节写道：

从远古的墓茔
从黑暗的年代
从人类死亡之流的那边
震惊沉睡的山脉

若火轮飞旋于沙丘之上

太阳向我滚来……

这里诗人运用哪些意象？

7. 艾青的《太阳的话》全诗主要运用了什么修辞手法，有什么作用？

8. 艾青得到平反后，迎来诗歌创作的“第二次解放”。下列哪首诗不属于这个时期的作品？（　　）

A.《伞》　　B.《冬天的池沼》

C.《镜子》　　D.《鱼化石》

9. 下列关于艾青与《艾青诗精选》的表述，不正确的一项是（　　）

A. 艾青早年创作的诗歌，表现出一种深沉浑厚、感情忧郁的风格。

B. 艾青诗歌中对农村和农民生活的抒写离不开他个人的生活经历。

C.《艾青诗精选》收录艾青跨不同年代的作品，反映诗人了创作的全貌。

D. 艾青的诗歌已经被翻译成十几种外文，在世界各国有广泛影响。

10. 下列对艾青诗歌的简析，不正确的一项是（　　）

A. 早期的《春》《太阳》等诗歌，表现了诗人对光明的向往和斗争的渴望。

B.《黎明的通知》《启明星》等作品表达了诗人到延安后对新时代的礼赞。

C.《礁石》中，诗人写礁石面对海浪的撞击，表现的是坚忍不屈的精神。

D. 在《树》中，诗人以比喻的修辞手法写树，表现其孤独、无力的形象。

三 名篇导读

代表作	创作年代	内容简析	导读任务	自读感悟
《大堰河——我的保姆》	20世纪30年代	这首诗写的是诗人的乳母“大叶荷”——诗中的大堰河。她抚养诗人长大，像一个母亲一样疼爱诗人，哺育诗人。她没日没夜地劳作，却始终生活在贫困、卑微之中。在诗中，诗人倾诉了对大堰河“不是母亲，胜似母亲”的感情，诗人在大堰河身上寄托了对整个中国像她一样的劳苦农民命运的深切同情，对他们勤劳品质的深情歌颂。	诗歌中有哪些句子最让你感受到诗人的强烈感情？请找出来，抄到本子上，读一读。	
《雪落在中国的土地上》	20世纪30年代	一提到雪，你会想到什么？雪和中国又是怎样的关系呢？在这首诗里，诗人向我们展示了大雪“封锁”下中国的苦难。这苦难是真切的，近距离的，让人悲悯的。诗中写到农夫、少妇、母亲、垦殖者，这些是遭受苦难的中国人民的代表。诗人还写到自己，和所有这些困难者在一起的自己。他希望借助自己的诗句给那些在“广阔而又漫长”的苦难中的人们带去“些许的温暖”。	“雪”是诗歌中经常出现的意象。但是在不同的诗歌中，它蕴含的意义则不同。你能想到哪些其他写雪的诗句？请把它们写下来，比较着体会其含义。	

续表

代表作	创作年代	内容简析	导读任务	自读感悟
《我爱这土地》	20世纪30年代	诗人想象自己是一只鸟，从独特的视角审视生活的土地。鸟是弱小的，土地是深广的。鸟的歌唱确实蕴藏着巨大的能量。这能量来源于其对这土地深沉的、无尽的爱。	你会用怎样的语言表达对生你养你的土地的爱意呢？这首诗的语言表达给了你怎样的启示？	
《太阳的话》	20世纪40年代	太阳是光明的使者。在这首诗中，诗人将太阳拟人化，借太阳之口唤醒人们、鼓舞人们、关怀人们。	这首诗所抒发的感情和作者当时的生活经历是否有关联？请你联系诗歌创作的背景，探究一下。	
《启明星》	20世纪50年代	对光明的赞颂是艾青诗歌的重要主题。“启明星”属于“黑夜遁逃”“白日追踪而至的时刻”，它给人光明来临的坚定信心。	自然界的事物是文学的重要描写对象。面对它们，你会有怎样的联想和感悟呢？	
《伞》	20世纪70年代	这是一首可爱的诗。诗歌中的“伞”会说话，它还有自己的思想。这首诗以短小的形式蕴含深广的内容，语言生动，意趣横生，发人深省。	你从伞的话中得到什么启示？	

四 阅读感悟

名家助读

艾青作为一个诗人，在他五十年的创作实践中，为我们提供了很多值得珍视的宝贵经验，也给后继者以很多发人深思的启迪。然而，我们从他身上所看到的最可贵的品格，却是那种始终与时代的前进步伐相一致、与祖国和人民的命运休戚与共的精神。

——叶橹

我认为世界上歌颂太阳的次数之多，没有一个诗人超过艾青的了。

——唐弢

他喜欢而且习惯于象征，他不能匍在地上爬行。要是把暗示、隐喻、象征这一套艺术手段从艾青的笔下夺去，这无疑是要飞鸟取消翼翅膀。

——谢冕

就在这样的一个时代大转变要求着新诗同步跟进的诗歌历史境遇中，艾青最成功地实现了时代精神的表现与艺术美追求的统一，他在二十世纪三十年代的诗歌意象世界里，撑起了一片崭新的天地。艾青带给现代诗歌意象艺术的首要贡献，是意象的时代色彩、现实的生活气息和艺术审美表现的融合与有机统一。

——王泽龙

与新月诗人一样，艾青对于现代新诗的诗美建构贡献巨大。他以“诗的散文美”建设为契机，为新诗带来亲切、自然、生动、新鲜的口语美的个性化语言；也带来错落有致、交互变化样态的具有真正的非格律化倾向与“自由化”倾向的自由诗旨趣的“诗的散文美”。

——程国君

实践思考

1. 阅读下列选段，简要赏析诗歌的语言。

啊，当黎明穿上了白衣的时候，
田野是多么新鲜！
看，
微黄的灯光，

正在电杆上战栗它的最后的时间。

看！

——节选自《当黎明穿上白衣》

2.《大堰河——我的保姆》这首诗熔叙事与抒情于一炉，达到浑然一体的艺术境界。请举例赏析其艺术效果。

3.《大堰河——我的保姆》这首诗在语言运用上有什么特点？请简要分析。

4. 艾青在1937年创作的诗歌《太阳》表现了当时怎样的时代精神？

5.《我爱这土地》这首诗的语言平实，却让人内心受到震撼。请从诗歌中找出例句来说明这一点。

6. 在《雪落在中国的土地上》这首诗中，诗人通过想象勾画出了哪些有代表性的北国人民的形象？

7.《手推车》这首诗蕴含着作者怎样的思想情感？

8.《北方》和《乞丐》两首诗在描写的内容和抒发的感情方面各有什么相同之处？

五 综合检测

基础阅读能力检测

一、填空题。

1. 艾青（1910—1996），原名________，中国现代诗人。1910年2月17日出生于浙江金华的一个地主家庭，后因家庭不喜欢这个“克父母”的婴儿，把他托付给乳母——________抚养。后来，艾青为这位乳母写了一首诗《________________》，一举成名。

2. 1985年，艾青获得________国文学艺术最高勋章，这是中国诗人得到的第一个国外文学艺术高级大奖。

3. 艾青的诗有丰富的意象，其中________和________是他在20世纪30年代最常用的，他用这两个意象分别表达了对祖国深沉的热爱以及对光明的无限渴求。

4. “北方是悲哀的／而万里的黄河／汹涌着浑浊的波涛／给广大的北方／倾泻着灾难与不幸；／而年代的风霜／刻画着／广大的北方的／贫穷与饥饿啊。”

以上文字选自艾青的《________》，全诗表达了诗人____________情感。

5. “请他们准备欢迎，请所有的人准备欢迎／当雄鸡最后一次鸣叫的时候我就到来／请他们用虔诚的眼睛凝视天边／我将给所有期待我的以最慈惠的光辉／趁这夜已快完了，请告诉他们／说他们所等待的就要来了”

以上文字选自《____________》，这里的“我”指的是________，象征着____________，全诗表达了诗人____________________________。

6. 艾青的诗歌《向太阳》《______________》《______________》《__________》都是借太阳表达了自己对光明的渴望和追求。

7. “但你是沉默的，连叹息也没有，鳞和鳍都完整，却不能动弹”

以上文字选自《__________》，始终表达了作者对______________的思考。

8. 20世纪30年代，艾青诗歌的主题多为表达____________、______

________和______________等。

9. 以下选项说法不正确的是（　　）

A. 艾青于1933年发表自己的第一篇长诗《大堰河—我的保姆》，也是他第一次用笔名艾青发表作品。

B. 20世纪30年代，艾青诗歌中的主要意向是“土地”和“太阳”。

C. 20世纪70年代是艾青诗歌创作的一个高峰时期，《礁石》《鱼化石》都是这个时期的代表作品。

D.《光的赞歌》写的是自然界之光，但同时是科学之光、民主之光、智慧之光……它表达了作者对真理的追求。

中级阅读能力检测

1. “她死时，乳儿不在她的旁侧，／她死时，平时打骂她的丈夫也为她流泪，／五个儿子，个个哭得很悲，／她死时，轻轻地呼着她的乳儿的名字，／大堰河，已死了，／她死时，乳儿不在她的旁侧。”作者一再强调“乳儿不在她的旁侧”是为了说明（　　）

A. 大堰河死得很凄凉，没有人照顾她。

B. “我”的遗憾、自责的心情。

C. 因为出国，“我”和大堰河失去了联系。

D. 大堰河对“我”念念不忘，临死时仍在牵挂“我”。

2. “不错／北方是悲哀的。／从塞外吹来的/沙漠风，／已卷去北方的生命的绿色／与时日的光辉／——一片暗淡的灰黄。”诗中的“沙漠风”该如何理解？（　　）

A. 指从西北沙漠刮来的干燥的风。

B. 作者想象中的西北狂风席卷沙漠。

C. 日本侵略者在西北风中侵略中国。

D. 既指从西北沙漠刮来的干燥的风，又指日本侵略者对中国北方的残酷侵略，使中国处在深重的灾难中。

3. 1937年春，诗人写下了《太阳》。诗人是敏感的，不论是在狭窄的小屋里，还是在上海嘈杂的大街上，诗人的感觉伸展着，穿透了日常生活中的繁杂现象，也穿透了个人于生活中的喜怒哀乐，诗人感受到了一种气氛，这气氛具有一种恢宏的伟大的色彩，这气氛触动了诗人的心，

使这颗心激动起来。以下对《太阳》这首诗理解有误的一项是（　　）

A. 这一历史时期，中国正处于大变革的较量中。一面是以国民党反动派为代表的一切旧的势力，以及外国侵略者的势力，要把中国推入黑暗之中；一面是革命者们与劳苦大众，要彻底打碎旧世界，建立一个光明自由的新世界。在这激烈的较量尚未明朗之际，诗人已感到希望要来临了。

B. 在这首诗中，诗人以讴歌太阳，来讴歌这一伟大的时代，以诗人自己的情绪来感染读者的情绪，使人们都能够感到一个新的时代就要诞生了。

C. 这首诗不长，却写得恢宏大气。诗人是从三个方面入手，第一，是写"太阳向我滚来"的气势；第二，诗人写太阳来了之后的巨大影响；第三，诗人转向了写自己，写自己的太阳来了之后的心情。

D."太阳向我滚来"一句是实写太阳升起，"滚"字，是全诗的诗眼。其他诗句都是围绕着这一"滚"字展开的。

4.《礁石》一诗所描绘的礁石的形象，正像一个久经斗争的人，无论东西南北风，无论多少的伤害打击，都不能让它移动一步，都不会让它失去生活的信念和信心。经受刀砍浪打的礁石，依旧微笑地面对海洋；历经磨难的斗士，依旧勇敢坚强地活着。下列有关该诗的叙述不恰当的一项是（　　）

A. 诗人通过此诗表达了对这种坚韧顽强的生命存在的由衷赞美。

B. 这种存在，既可以是一个人，也可以是正处在种种困扰和挤压中的祖国。

C. 此诗没有直抒胸臆式的呼号，只有冷静的客观描写，采用的是旁观者的叙述视角，仿佛诗人只是在呈现一个事实。

D. 礁石是阻塞航道、碰毁船只的丑恶事物，是"与大大小小的航船为敌的"。

5. 1978年以后，艾青的诗风发生了很大的变化，下面不属于他这一时期诗歌特点的一项是（　　）

A. 诗句由原先的长短错落，不求整齐划一变得比较整齐。

B. 诗情由原先的总是充满"土地的忧郁"变得比较深沉。

C. 写法由原先的尽情的呼告、肆意的排叙变得口语化、散文化。

D. 诗意由原先的凝重、深厚变得比较警策，充满哲思。

6.（2019·浙江杭州）根据你对艾青诗歌的了解，选出不是评论艾青诗歌的一项（　　）

A. 这是一首长诗，用沉郁的笔调细写了乳娘兼女佣（“大堰河”）的生活痛苦……我不能不喜欢《大堰河》。——茅盾

B. 归真返璞，我爱好他的朴素、平实，爱读他那用平凡的语言，自由的格式，不事雕琢地写出的激动人心的诗篇。——唐弢

C.（他的诗）把我们从怀疑、贪婪的罪恶的世界，带到秀嫩天真的儿童的新月之国里去……它能使我们在心里重温着在海滨以贝壳为餐具，以落叶为舟，以绿草上的露点为圆珠的儿童的梦。——郑振铎

D. 在国难当头的年代，诗人歌唱“土地”具有格外动人的力量，而诗人那种不断转折和强化的抒情方式，当然也是和充满险阻坎坷的时代相吻合的。——孙光萱

7.（2020·吉林长春）阅读下面的诗句，按要求填空。

饥谨的大地
朝向阴暗的天
伸出乞援的
颤抖着的两臂。
中国的痛苦与灾难
像这雪夜一样广阔而又漫长呀！
雪落在中国的土地上
寒冷在封锁着中国呀……

艾青的诗歌创作在20世纪30年代达到了一个高峰，《雪落在中国的土地上》就是他这一时期的代表作。所选诗句借助________这一意象，抒发了________________的情感。

8.《礁石》中诗人运用了________的修辞手法，赋予礁石以“弦外之音”和“象征之意”。诗中的“礁石”这个意象象征着______________________。

9. 阅读诗歌《煤的对话》，结合煤的特点，说说诗人为什么以“煤”作意象。

____

____

10.《鱼化石》中通过对鱼化石的记叙和描写，主要想告诉我们什么道理?

11. 1937年12月，艾青抱着急切投入战斗的决心，从家乡浙江来到了武汉。但在这座当时被称作抗战中心的大城市里，诗人并没有看到民族存亡关头所应有的昂奋和紧迫的气氛，权贵们仍在作威作福，处处是穷困和饥饿，他感到异常失望，于是他整个身心的里里外外都感到一种弥天的透骨的寒战。诗人写下这首比雪还要寒冷的诗，并在诗中反复地呼号:“雪落在中国的土地上，/寒冷在封锁着中国呀……”这首诗是艾青的哪部作品？试着简要分析这两句诗。

12.（2019·呼和浩特）艾青是“土地的歌者”。请你从《艾青诗精选》中列举出三首以 “土地”为意象的诗歌，并分析其中一首诗里“土地”意象的作用。

13. 阅读《大堰河——我的保姆》选段，回答问题。

我是地主的儿子；
也是吃了大堰河的奶而长大了的
大堰河的儿子。
大堰河以养育我而养育她的家，
而我，是吃了你的奶而被养育了的，
大堰河啊，我的保姆。

大堰河，今天我看到雪使我想起了你：
你的被雪压着的草盖的坟墓，
你的关闭了的故居檐头的枯死的瓦菲，

你的被典押了的一丈平方的园地，
你的门前的长了青苔的石椅，
大堰河，今天我看到雪使我想起了你。

（1）“我”既是地主的儿子，又是大堰河的儿子，这样说是否矛盾？为什么？

（2）第二节中写了哪些意象？有什么作用？

高级阅读能力检测

1.《大堰河——我的保姆》中诗人为什么说“我看到雪使我想起了你”，而不是看到春雨，或者听到秋风萧瑟的声音？

2.《鱼化石》中诗人凝视着化石，得到了怎样的“教训”？诗的最后一节表达诗人怎样的思想感情？

3.《我爱这土地》中“为什么我的眼里常含泪水？因为我对这土地爱

得深沉……”这两句诗中的“我”，指鸟还是诗人自己？为什么？

4.《当黎明穿上了白衣》结尾句“微黄的灯光，正在电杆上战栗它的最后的时间”蕴含着怎样的哲理？

5. 分析《黎明的通知》中“通知眼睛被渴望所灼痛的人类 / 和远方的沉浸在苦难里的城市和村庄”这句话的含义。

6. 找出《北方》这首诗作者所选取的意象，说说这些意象都带有怎样的色彩，反映了怎样的社会现实？

7.《雪落在中国的土地上》中“中国 / 我的在没有灯光的晚上 / 所写

的无力的诗句／能给你些许的温暖吗？”请从抒情方式的角度赏析其表达效果。

8. 读《礁石》，写出你由“它”这个文学形象获得的个人成长方面的感悟。

9. “但它依然站在那里，含着微笑，看着海洋……”《礁石》中的这行诗含义深刻而丰富，说它是诗人一生经验的总结，也并不过分。对于人生，对于社会，对于历史的态度，诗人以“含着微笑，看着海洋”八个字来概括。“含着微笑，看着海洋”有什么含义？它表现了礁石怎样的精神？

10. 阅读《煤的对话》，回答问题。

你住在哪里？
我住在万年的深山里
我住在万年的岩石里
你的年纪——

我的年纪比山的更大
比岩石的更大

①结合这首诗的主旨，说说诗人为什么以煤作意象。

②有人评价这首诗的艺术特点时说：“强烈的反差，激起读者感情的波澜。”对此，你是怎样认识的？

六 学生读后感及名师点评

战斗精神中的理性
——读《艾青诗精选》有感

广东实验中学初中2020级13班 张语函

早闻艾青先生的诗作不一般，今拜读了艾青先生的《艾青诗精选》，感受正是如此。我发觉，这“不一般”大概是指艾青作品中不时透露出的战斗精神。

在艾青新中国成立前的作品中，这份特殊的精神不难窥见。如献给革命者们的《笑》，就是个典型的例子。其中“但我却甘愿/为那笑而捐躯”一语，铿锵有力。在《大堰河——我的保姆》这样一篇回忆乳母的诗作中，也能找到这样的精神。在“同着四十年的人世生活的凌侮，同着数不尽的奴隶”句中，作者心中的仇恨与愤怒显而易见。

新中国成立后，艾青的有关生活与社会的诗作，也时时闪耀着战斗精神。《彩色的诗》最后一段写道："抱着最坚定的信心/离开了自由创作。"这句表明了诗人愿坚持正义的立场。

但我关注重点，不是艾青诗中的战斗精神，而是其战斗精神中的理性。

要清楚的是，艾青的诗不只是一个人的抒情呐喊，更为引起读者的共鸣与深思。

《古罗马的大斗技场》令我印象深刻。诗中艾青指出了斗技场中曾经的残暴与压迫，也讴歌了人类战胜专制的历程。读到这些，我并不感到极为震撼。可接下来我读到了这些文字：

"它究竟是光荣的纪念，还是耻辱的标志？"

"它是夸耀古罗马的豪华，还是记录野蛮的统治？"

"它是为了博得廉价的同情，还是谋求遥远的叹息？"

读完这几行，我陷入了久久的沉默。作为一个历史爱好者，我多次总结过罗马帝国对人类发展的贡献，同时对欧洲古时的斗技风俗了解不少。但我却从来没有想过，如斗技场一般的古代建筑对今时的意义。这便是这首诗中的理性的体现。

不妨再看一首，《他死在第二次》。

这首诗记述一个士兵从受伤到二次奔赴前线战死的经过，重点剖析了士兵的心理活动——由即将离开养伤的安稳地区的不舍到上前线奋勇杀敌的决心。这首诗固然歌颂了爱国情怀，但也不乏理性的思考。如下：

"在那些土堆上/人们是从来不标出死者的名字的"

"即使标出了，又有什么用呢？"

两句话，既点出了为革命牺牲的人之多，也传达了一个深刻的观点：革命成功是众多革命者共同的功劳，为革命事业捐躯的人，无论是谁，都值得纪念和惋惜。是什么名字，对与一群同样英勇奋战的烈士而言，并不很重要，他们的精神都应被铭记。

去思考艾青其他文字的深层含义，也同样能看见这样的理性，不是吗？

这样理性的战斗精神，理性背后这样的艾青，怎不叫人叹服？

这是我认为为什么艾青的诗值得阅读、艾青其人值得纪念的原因。

点评：作者结合时代背景来解读艾青的诗歌，从诗歌的内容和情感方面寻找共同的特点，理解作者的诗情和诗意。这不能不说是一种可取的读书方法。这篇读后感带有强烈的思辨色彩。本文的作者既能触摸诗人强烈的感情脉动，又能透过感性的文字深思诗人理性的发问，对诗歌的解读不可谓不全面。（李科良）

职责与命运
——读艾青的《他死在第二次》有感

广东实验中学初中2020级13班　陈劭睿

一个士兵必须在战争中受伤，伤好了必须再去战斗。

——题记

《他死在第二次》创作于1939年末，和艾青在同一时期创作的诗歌一样，歌颂了抗战英雄和民族精神。全诗十二章，以英雄的气概描述了一位战士负伤，出院，再上战场，最后牺牲的故事。

全诗最让我受触动的便是第四章中战士“一个士兵必须在战争中受伤，伤好了必须再去战斗”的想法。一个战士，在战场上中弹负伤，幸运地存活后，第一时间并不是保命，而是脱去“绣有红十字的灰布制服”，重新换上“绿色的军装”，再次奔赴战场。这是何等的英勇？

诗中这位死在第二次的战士只是抗日战争中千千万万无名烈士的一个缩影。他们笑着走上战场，愤怒地向敌人开火，最后又笑着为国捐躯，至死不留姓名。从前，他们或许来自各行各业，有着不同的职责，曾经走过不同的命运。可是在护国的战场上，他们有一个共同的名字——中国军人；有共同的职责——保家卫国；或许也有相同的命运——负伤或战死。下了战场就入医院；出了医院即上战场。艾青诠释了军人的职责和命运。

职责和命运往往紧密相连。一个人履行什么职责，往往决定他将遇到什么样的命运。在革命年代，不同的人都用自己的方式履行自己的职责——爱国护国。像艾青这样的诗人以笔代枪，给国人精神的食粮。工人夜以继日制造枪支弹药，建造铁路火车。商人用金钱支持政府。海外侨胞团结一心，帮助祖国购买飞机大炮。而他们在履行职责的同时，也面临相似的命运——非伤则亡。诗人可能被敌人视为眼中钉，遭受残害。工人可能劳累致残，甚至死亡。商人可能破产，海外侨胞也可能受人排挤，妻离子散。可是在这样悲惨的命运面前，国人却显现出惊人的勇气：只要一刻不被命运压倒，就继续奋斗，继续履行职责。

陈独秀曾寄语青年：“我们青年要立志出了研究室就入监狱，出了监狱就入研究室，这才是人生最高尚优美的生活。”当今，我们再做研究，或许不会再入监狱。可是这句话同样说出了新时代青年的职责和命运。“研究室”指的是学习、钻研；而“监狱”即我们遇到的挫折。学生的职责就是刻苦学习，钻研问题。在学习的过程中我们必定会遇到困难与挫折，这是我们的命运。而当我们解决了困难，不安于现状，必须再次投身于学习、钻研。这就是我们这一代人的“出了监狱就入研究室”，更是我们这一代人的职责与命运。

艾青在结尾写道“在那些土堆上，人们是从来不标出死者的名字的——即使标出了，又有什么用呢？”这或许也是做研究者的最高境界。有了一点成就便自我夸耀，四处留名的只会被人讥讽；而取得重大突破却隐姓埋名继续前进的人会被人铭记，他们百世流芳。我们学习也是一样。取得一点成功就沾沾自喜会跌得很惨，而把成果隐藏，继续努力，我们或许少收获了掌声与称赞，但只有如此，我们才能不断进步。毕竟“把名字刻入石头的，名字比尸首烂得更早；只要春风吹到的地方，到处是青青的野草”。

生命，因明职责而英勇，因担职责而永恒。

点评：这篇读后感透着作者胸中的英杰气息。作者深受艾青诗歌打动，深刻理解了生命应当承担的职责和应当如何面对生命中的挫折、苦难。作者看到职责和命运的密切关系，认识到“一个人履行什么职责，往往决定他将遇到什么样的命运”，字里行间透露出一往无前的勇敢和英气。（李科良）

战斗者的诗：深沉忧郁下爱国激情的迸发

广东实验中学初三（9）班　李昀羲

初读《艾青诗精选》，便觉这是一位艺术家的作品。艾青将内心的激情舒放在文字里，却又不过于澎湃，他的文字也带有诗的柔美和浪漫。他不愿用烦琐的记叙文叙事，也不愿用传统的韵律诗抒情。他的诗，有些好似美丽的画，有些是鲜活的故事，有些是他倾注心血唱成的歌。

“为什么我的眼里常含泪水？因为我对这土地爱得深沉……”

谁知道，艾青在写下这句话时，笔下的墨是否已被泪晕开？像《我爱这土地》一样，他许多的诗，都含着这样的悲伤。这是民族的悲伤，是无力者的悲哀。艾青没有走到战场上，举着枪与敌人厮杀，可是这不代表他就能做到平静地袖手旁观。他把他心中的痛，都凝聚在笔尖画出的一个个字上。他希望用他的文字唤醒人们的斗志，也希望这些文字，可以安慰到他。

“好像曾经听到人家说过，吹号者的命运是悲苦的……”艾青自己，是否就是诗中的吹号者？他在太阳还未苏醒的时候醒来，他独自一人走到山上，看着太阳从山的那边，磅礴而激昂地升起，他吹响了他的号角。就如他在黑暗中写下他的悲哀，他吹响了他的号角。

他的文字，便是他的号声。

号声让战士们都醒了，让战士们知道战斗的时候到了，让战士们无畏地冲向了敌人，可此时，被掩盖在人群中的吹号者，被子弹击中了。“他寂然地倒下去，没有一个人曾看见他倒下去。”

多少个夜晚，在牢狱，在房间，在任何地方，月光都照在吹号者的号角上，照在他的心上。他的号声是蓝色的，是忧郁的，可他的心呢？他的心啊，是红色的，红彤彤的，充满热情的，期待着黎明和太阳。

故事是悲哀的，可故事中的人，是如此充满希望。

或许，他本便悲哀，却还愿意拿起号角，为战争吹号，为人民吹号，为土地吹号。

“若火轮飞旋于沙丘之上，太阳向我滚来……”

在艾青的诗里，太阳的每一次出现，都是无比热烈且激昂的。正如旭日从海洋的包绕中升起，这些澎湃的情感从他深沉的忧郁中脱出。太阳，是一切的希望，是光明，是刚硬，是作者内心坚定的信念，是他坚信未来会有的美好的生活。

就是这希望，可以在艾青无数次灰心丧气时照进他心里，让他重新抬起头，看见山那边的黎明。也是这信念，让《火把》中的唐尼放下了她少女的心事，投身至斗争。从一开始的“我举着火把来找你，无论如何，我要看见你啊”到最后的“李茵，这一夜，我懂得许多”，火把不再是为了找寻爱人而亮，而是为了驱逐恶人而亮。

正如一个好角色不应只有好或坏，一首好诗歌也不应只有悲或喜。

艾青的诗，便是深沉忧郁的情感和热烈激昂的情感的交织。正是这交织，才把一个爱国者应有的情感表现得淋漓尽致。他不做无痛呻吟和过度忧愁，也不做空有其表的激烈叫喊。我们可以感受到他融进文字中的悲哀，却也可以感受到他那从文字中喷薄而出的热情。他担忧，为民族和祖国担忧，可他没有放弃他的信念，他无时无刻不在热切地诉说着对美好的渴望，并坚定地为之奋斗。

他的忧郁，就好似那深沉的月，而他的激情，就好似那明亮的太阳。

黎明时，山的后面，月亮在缓缓落下，海的对面，太阳在慢慢升起。这就是艾青的诗，集深沉与明亮于一体的，战斗者的诗。

点评：小作者在欣赏诗歌时，抓住了诗歌的意象，进一步体会诗歌的意境美。小作者从对诗的语言感受入手，体会诗歌的感情基调，联想到更深层的情感，运用大胆的猜测，逐步揣摩诗文隐藏的深意。艾青的诗富有“忧郁美”，而在小作者的理解中，她把这种忧郁比作月，而把诗中更强烈和充满希望的情感比作太阳，是这两种情绪的交织构成了艾青的诗。（李欢）

七 探究写作

1. 请找出《艾青诗精选》中与土地相关的诗歌，比较这些诗的异同。可以从主要意象、主要情感进行分析，并说一说诗人在写法和情感上的变化。

2. 诗歌的风格主要可以从思想主题、审美形态、诗歌体式三个方面进行分析。艾青的诗风在不同的时期呈现出不同的特点，请你结合不同时期的具体诗歌谈一谈你的认识。

3. 端木蕻良评价艾青道：“从他的作品里所撷取战斗的果实，是控诉，是告发，是谴责。”在《土地的誓言》一文中，端木蕻良将东北流亡青年压抑的情感用火一样炽热的语言表达出来。请你选择一首艾青的诗歌，谈一谈这两位作者在艺术特色、主题情感上有哪些共同点。

4. 诗为心声。我们不仅读诗，更是在诗歌中认识一位立体的诗人。艾青以“最伟大的歌手”要求自己。请根据自己读《艾青诗精选》的感受及下面材料，说说你对诗人的了解，并结合具体诗歌（不少于两个）进行阐述。

（1）冯雪峰评价艾青道：“他的诗的外表自然是极知识分子式的，但他的本质和力量却建筑在农村青年式的真挚、深沉，和爱的固执上，艾青的根是深深地植在土地上。”

（2）牛汉评价艾青的话是：“在中国新诗发展的历史当中，艾青是个大形象。”

（3）聂华苓说：“艾青的诗，好在那雄浑的力量，直截了当的语言，强烈鲜明的意象。”

附 参考答案

二、知识积累

知识积累训练题

1. 海澄　诗人　金华　《艾青诗选》
2. 《大堰河——我的保姆》
3. 农村　农民
4. 土地　太阳
5.

当我/还不曾起身
两眼闭着
听见了/鸟鸣
听见了/车声的隆隆
听见了/汽笛的嘶叫
我知道
你又叩开/白日的门扉了……

6. 诗人在这里运用的意象有：远古的墓茔、黑暗的年代、人类死亡之流的那边、山脉、火轮、沙丘、太阳。

7. 运用了拟人的修辞手法，这样便于运用对话和呼告的方式来抒发感情，使语气显得更亲切，更容易与读者亲近。

8. B　《冬天的池沼》是诗人二十世纪四十年代的作品。

9. C　《艾青诗精选》反映了诗人创作的主要面貌，但不能反映全貌。

10. D　在《树》中诗人主要运用象征的手法描写树，表现其表面孤立、实际“根须纠缠在一起”的形象。

四、阅读感悟

1. 这节诗歌中词语运用很丰富，诗人用“穿上”这一动词，描写“黎明”主动走向大地的形象。田野的“新鲜”和灯光的“微黄”形象对比，突出了黎明不可遏制的气势。

2. 诗歌以叙事开篇，前两节交代了大堰河的身份及其与我的关系，奠定了诗歌的感情基础。诗的第三节，作者以“大堰河，今天我看到雪使我想起了你”这句首尾反复，表达了作者对大堰河强烈的思念之情。

3. 这首诗在语言运用上，充分体现了艾青早期诗歌那种奔腾起伏、顺流而下的气势。读这首诗可以感受到有一股感情的激流在汹涌。

4. 1937年是中华民族生死存亡的紧要关头，诗人在面临时代的转折时表现出了当时爱国志士应有的勇敢和坚定，给人们带来了希望之光。

5. “假如我是一只鸟，我也应该用嘶哑的喉咙歌唱：这被暴风雨所打击着的土地”，诗人以鸟来自喻，通过鸟的“嘶哑的喉咙”发出对祖国大地的悲悯和深爱之情。

6. 戴着皮帽的农夫、蓬发垢面的少妇、年老的母亲、土地的垦殖者。

7. “手推车”是劳动人民的劳动工具。这首诗表面写“手推车”，实际上蕴含着诗人对黄河流域劳动人民的苦难的悲哀与同情，同时也表达了诗人对贫穷的愤懑。

8. 都描写了北方人民的苦难生活状况，都表达了诗人对中国北方悲惨状况的痛心和对劳动人民苦难的悲悯。

五、综合检测

基础阅读能力检测

1. 蒋正涵　大堰河　大堰河——我的保姆

2. 法

3. 土地　太阳

4. 北方　浓郁的爱国主义

5. 黎明的通知　黎明　光明和希望　相信胜利必然会到来的决心

6. 太阳　给太阳　太阳的话

7. 鱼化石　生命本质

8. 土地的忧郁　对人民的悲悯　对祖国的热爱

9. C

中级阅读能力检测

1. B
2. D
3. D
4. D
5. C
6. C
7. 土地　作者对苍老，衰弱，正备受苦难的祖国感到万分悲哀
8. 拟人　一切被压迫的民族，一切被压迫的人民抗击旧世界的力量

9. 煤具有深藏地下、热量巨大、一旦燃烧便烈火熊熊的特点，而被压迫民族也具有与之类似的特点，因此以“煤”作为这首诗歌的意象。

10. 面对苦难和挫折，要勇于抗争，生命的意义将在抗争中得以升华。

11. 这两句诗出自《雪落在中国的土地上》。这两行反复回响的诗，被认为是《雪落在中国的土地上》的主旋律。它反复回荡的气韵宛如深隽的钟声，一阵比一阵洪亮地响着。雪在中国的土地上落着，诗人惊世的钟声也带着寒战，随着落雪，回响在整个中国的土地上。叠句的使用就像一次次呐喊，表达了诗人发自内心的对“寒冷”中的中国土地的深爱之情。

12. 示例：《我爱这土地》《雪落在中国的土地上》《复活的土地》。在《我爱这土地》一诗中，“土地”象征贫穷落后、多灾多难的祖国，凝聚着诗人对祖国人民最深沉的爱。

13.（1）不矛盾。在诗歌中，“我”是被自己的地主父亲送到大堰河手中的，在父母心里，“我”是个不祥之人，在他们那里，“我”没有享受过父母对孩子的宠爱，甚至还有后来“我”回家后，觉得自己是做了父母家的新客了。而在大堰河那里，“我”却感受到了父母般的爱，大堰河也将“我”当作亲生的，她做着吃乳儿婚酒的梦，这也表现出“我”对大堰河如对母亲般的爱。（2）写了雪、坟墓、瓦菲、园地、石椅这些意象，这些意象让人感觉很悲伤，也透露出“我”对于大堰河的愧疚。

高级阅读能力检测

1. 示例：大堰河纯洁无私的内心世界如同雪一样洁白无瑕，而白雪覆盖大地的庄严肃穆的景象正好表达了诗人深切的悼念之情。由于这许多原因，艾青想起了这个给过他无限温暖的大堰河，想起了她悲苦的身世、低下的地位、死后的凄凉，寄托了诗人深深的哀悼和怀念之情。

2. 从诗句“活着就要斗争，在斗争中前进”可以体会到诗人对政治厄运的反抗与蔑视，对革命的崇高热情与不懈努力的精神；从诗句“即使死亡，能量也要发挥干净”可以看出诗人对生命的热爱、赞叹以及为革命奉献生命的伟大情怀。

3. 从这句开始，那个比喻性的“假如”已经不存在了。“我”不再是假设的“鸟”，而是真实的抒情主人公自己。

4. 这两句诗蕴含深刻的哲理，“黎明”象征新生的力量，“灯光”象征衰落的力量，旧事物是无论如何也抵挡不住新事物的脚步的。

5. 诗人希望借助黎明的通知，去打破反动派对敌占区人民的蒙蔽和谎骗，扫除萦绕在那些人们心头的迷雾、悲观论，让所有正遭受着苦难的人民立即行动起来，准备迎接这“白日的先驱，光明的使者”——黎明。

6. 意象：“沙漠风”“荒漠的原野”“颓垣与荒冢”“孤单的行人”“悲哀的眼”“疲乏的耳朵的畜生”。色彩：灰暗。这是一片荒凉的景象，这些景象与冬季的肃杀相互映衬，表现了当时中国灾难深重的命运。

7. 诗人希望自己的诗句能给苦难的祖国带来温暖，表达了对祖国前途命运的忧虑，向苦难的祖国奉献了一颗赤子之心，表现了诗人忧国忧民的情怀。

8. 示例：坚强不屈、不屈不挠、不向命运低头、自信、乐观。

9. 含义：礁石毫不畏惧汹涌而来的巨浪的冲击，依然满怀着对大海的热爱之情；表现了礁石不畏困难、热爱生活的执着精神。

10. ①煤具有深藏地下，热能巨大，一旦燃烧便烈火熊熊的特点，这和被压迫民族有着某些相似点，因此以煤作为这首诗歌的意象十分妥帖。

②“强烈的反差”指作者平静的问话与煤炽热如火的回答之间的一冷一热的反差，这样写，用“我”的冷静反衬煤的热烈，使煤的自白给人以强烈的感染力。

吊 楼

在那些城市的边上
无数的吊楼
像一群乞丐
褴褛挨着褴褛
站立在河流的两旁

此处的比喻写出了“吊楼”怎样的形象?

河流
河流是土地的客人
——它的行脚
从不停驻在一处
它有太渺茫的希望
它的希望是海洋
而吊楼
它们是宿命地
站立在河边
以黑色的窗户
当作蕴藏了无限忧郁的眼
无论清晨、黄昏,
甚至在午夜
永远看着
从他们身边
叫喊过去的波浪
而波浪
波浪是如此匆忙
它出发它旅行
它鞭策着时间
跨越过所有的阻难

世间万物不再留恋，奔赴远方，唯有吊楼，静驻原地，看着万物来往，显得孤单、忧郁却又无可奈何。

——它从吊楼面前过去
不给吊楼些许的安慰
和片刻的流连

而吊楼
吊楼是悲哀的
就在有太阳的日子
它们也只能像盲女般微笑着
而在雨天
它们就像寡妇般
在河边低低地咽泣了

吊楼的前面是浮桥
浮桥上是慌乱的来往的行人
从这边到那边
从那边到这边
他们以交织着的脚步
永远追赶着
生活的狂热的愿望

而吊楼
吊楼是颓败的
它只能用阴黑的固执的眼
看着兴腾的人群
同时又用无力的疑惧的眼
看着光彩焕发的城市

吊楼的悲哀、颓败，悲喜由人，与世间人群来往的喧闹，城市的光彩形成了鲜明的对比。

而城市
城市在那边
以白日的人群的喧嚷
夸耀着热闹与繁荣
以黑夜的烛天的电光
放射着骄傲与奢侈

更以耸立着的钟楼
睥睨着吊楼的破烂
在那些城市的边上
无数的吊楼
像一群乞丐
褴褛挤着褴褛
站立在河流的两旁

与开头相呼应，吊楼的形象在人们心中更加深刻。
可是这里写的究竟是吊楼的孤单，还是站立于吊楼上守候的人群孤单的体现呢？

冬日的林子

我欢喜走过冬日的林子——
没有阳光的冬日的林子
干燥的风吹着的冬日的林子
天像要下雪的冬日的林子

“冬日的林子”反复出现，使诗句有气势，但又显得简单清新。

没有色泽的冬日是可爱的
没有鸟的聒噪的冬日是可爱的
冬日的林子里一个人走着是幸福的
我将如猎者般轻悄地走过
而我决不想猎获什么……

冬日的林子如此简单，诗人在林子里所享受的是什么呢？

一九三九年二月十五日

街

我曾在这条街上住过——
同住的全是被烽火所驱赶的人们：
女的怀着孕，男的病了，老人呛咳着
老妇在保育着婴孩……

每个日子都在慌乱里过去；
无数的人由卡车装送到这小城，
街上拥挤着难民，伤兵，失学的青年，
耳边浮过各种不同的方言；

此处形象刻画了战争后人们流离失所、不知所归的惨痛景象。

街变了，战争使它一天天繁荣：
两旁摆满了各式各样的货摊，
豆腐店改为饭店，杂货铺变成旅馆，
我家对面的房子充作医院。

你如何理解这里的“繁荣”？

一天，成队黑翼遮满这小城的上空，
一阵轰响给这小城以痛苦的痉挛；
敌人撒下的毒火毁灭了街——
半个城市留下一片荒凉……

看：房子被揭去了屋盖，
墙和墙失去了联络，
井被塞满了瓦砾，
屋柱被烧成了焦炭。
人们都在悲痛中散光了，
（谁愿意知道他们到哪儿去？）
但是我却看见过一个，

这一句反问，有何用处？

那曾和我住在同院子的少女——

她在另一条街上走过，
那么愉快地向我招呼……
——头发剪短了，绑了裹腿，
她已穿上草绿色的军装了！

一九三九年春　桂林

此处通过描写小姑娘的形象，告诉了我们：经历了痛楚的人没有被打倒，而是积极投身战争，这是民族的希望，是光明必然会到来的预示。

我们的田地

从什么时候起的，
我们爱这田地？
这田地是如此肥沃——
它发散着刺鼻的香气，
它的黑色是无光而柔和的。
我们从小就以赤裸的脚
蹂踩着它细软的泥土；
我们长大了，才知道
就是它，以黑色的乳液
哺育了我们的生命……
年年的春天，
我们用耕犁把它翻耕，
又用锄头把它锄碎，
分成了一排排整齐的田畦，
散下了一颗颗净洁的种子；
跟随着肥料的浇泼，
与雨露的滋润，
它吐出了一点一点的青苗；
接着太阳的暴晒
与溪流的灌溉，
它迅速地长遍了
秆与叶——这就是我们的喜悦啊！
到了夏天，
已是一片茂密的绿色
遮住了黑色的土壤；
一天一天地过去，
开花，结穗，金色的颗粒，

以反问句开头，引人入胜。

遍地闪烁着光彩……是秋天了！
我们以感激
迎接这收获的季节：
一颗果子，是一粒汗，
却也是一年劳力的慰安——
我们靠着它，
换得了一家的饱暖，
度过了严寒的冬天；
……我们怎能不爱
这丰饶而美丽的田地呢？

反问句加强了语气，从春到冬，一年四季，土地都以自己的方式守护着我们。

如今，无赖的暴徒
持着枪杆，从那边来了，
他们想凭着强悍
来抢夺我们的田地……
——告诉我：
如果我们失去了它，
我们怎能生活呢？

“无赖的暴徒”“强悍”是敌人的形象体现，作者的悲愤亦融入其中。

以反问句开头，又以反问句结尾，结构精妙。这里使用反问句，更加强烈地表达了作者对田地的热爱和赞美。

一九三九年春　桂林

桥

当土地与土地被水分割了的时候，
当道路与道路被水截断了的时候，
智慧的人类伫立在水边：
于是产生了桥。

交代了桥的使命。

苦于跋涉的人类，
应该感谢桥啊。

此处是对桥的赞美。

桥是土地与土地的联系；
桥是河流与道路的爱情；
桥是船只与车辆点头致敬的驿站；
桥是乘船者与步行者挥手告别的地方。

作者写的“桥”，像生活中的哪一类人呢？

一九三九年秋

秋

通读全诗，说说诗人笔下的“秋”有什么特点?

雾的季节来了——
无厌止的雨又徘徊在
收割后的田野上……
那里，翻耕过的田亩的泥黑
与遗落的谷粒所长出的新苗的绿色
缀成了广大，阴暗，多变化的平面;
而深秋的访问者——无厌止的雨
就徘徊在它的上面……
人们都开始蛰伏到
那些浓黑的屋檐里去了;
只有两匹鬃毛已淋湿的褐色的马，
慢慢地走向地平线
搜索着田野的最后的绿色……

文章景物的色调由“泥黑”“阴暗”“浓黑”转向“绿色”，有何深意?

一九三九年秋　湘南

秋 晨

凉爽的早晨
太阳刚升起来的早晨
可怜的乡村的早晨

一只白色眼圈的小鸟
站在低矮的房子的黑瓦上
像在想着什么似的
看着彩云满布的高空

> 艾青的诗歌风格受绘画影响深刻，仔细品读这几句，品析诗中的色彩运用，感受多彩的秋晨。

秋天了
我来南方已一年了
此地没有热带的呼吸
看不见参天的椰子林
心里早已有难言的结郁

但今天，当我要离去时
我的心竟如此不安
——中国的乡村
虽然到处都一样贫穷、污秽、灰暗
但到处都一样地使我留恋

> 乡村贫困、污秽、灰暗，可作者却依旧热爱着它，这种爱更显深沉。

一九三九年九月　在桂林乡间

低洼地

岩石砌上岩石砌上岩石砌成山
山下是杂色的树杂色的树排列成树林
林间是长长的长长的石板铺的路
石板铺的路通过石桥一直伸引到乡间……

句式整齐，有节奏感。

没有比林间的低洼地更美的了
幽暗而静寂丰富而深邃野蛮而神秘
无数的枝干张开了茂叶在百尺高的空中
秋天早晨的阳光透过枝叶扯成碎片散在草地上……

读以下三小节诗，圈出概述低洼地特点的词语，感受低洼地的美好。

没有比林间的低洼地更迷惑了
在草地的边上啮草的马也是幸福的
而当我在草地上走着时坐着时凝思着时
一阵阵地闻到了刚锯开的树木所发出的香气……

没有比林间的低洼地更和谐了
站立在阴影里的临时的工场也是可爱的
而工人们——永远的勤劳者在勤劳着
林间充满了锯木的声音劈斧的声音钉板的声音……

阳光洒下来洒下来洒在木堆上木板上
也洒在拉着锯举着斧推着刨的工人的身上
他们辛勤他们焦黑他们脸上闪着汗光
但他们沉默地没有怨言为了赶造难民居住的新房

这里写了低洼地的几幅画面，表达出作者怎样的情感？

马在嘶鸣着人在劳动着铁与木的声音在响着
稀少的行人在石板铺的路上走着又走着

阳光在照着雾在蒸化着香气在喷发着
我在沉思着感激着终于深情地唱出了土地之歌……

结尾与开头结构相呼应，有韵律美。

一九三九年九月三日　桂林

阅读札记

精华点评

艾青于青年时期奔赴法国学习绘画，1932年初回国，在上海加入中国左翼美术家联盟，从事革命文艺活动，不久被捕。在狱中，他失去了绘画条件，于是开始“借诗思考、回忆、控诉、反抗”等，其中《大堰河——我的保姆》便是艾青的狱中之作，此诗发表后引起轰动，艾青一举成名。

20世纪30年代，是国家动荡不安的年代。1937年7月7日，卢沟桥事变，国家危机重重。艾青以笔为剑，从胸腔发出呐喊，为人民发声。这个时期，艾青的诗歌主题充满了“土地的忧郁”，多写国家和民族的灾难、悲伤和反抗，他用自己的诗歌，给予满目疮痍的祖国和人民力量。

在《雪落在中国的土地上》一诗中，诗人反复咏叹“雪落在中国的土地上，寒冷在封锁着中国呀……”，他为祖国正遭受苦难而忧伤，亦对这片土地的人民心怀悲悯。又如《北方》一诗中所写“我爱这悲哀的国土，古老的国土——这国土，养育了为我所爱的，世界上最艰苦，与最古老的种族”，作者对祖国深沉的热爱跃然纸上。怀着对祖国的热爱、对人民的悲悯之心，艾青写出了《黎明》一诗：“我永不会绝望，却只以燃烧着痛苦的嘴问向东方：‘黎明怎不到来？’”对于黎明到来，他心中有着坚定的信仰。

艾青用自己的诗歌，将乐观与希望散播到被战火焚毁的大地中，以自己的方式参与战斗。

延伸思考

艾青在成为一名诗人之前，是一位画家，他热爱绘画，因而他的诗歌作品受绘画影响深刻。我们能够在艾青的诗歌作品中感受到丰富的色彩，这些色彩给予人一定的美感体验，也传达了不一样的意蕴，艾青做到了“诗中有画，画里有情”。请仔细阅读艾青20世纪30年代的诗歌作品，结合诗歌的创作背景以及情感表达，找一些例子，谈一谈色彩在艾青诗歌运用中的特点和丰富意蕴。

知识链接

艾青的诗歌与绘画

我们看到，艾青的诗融合了前后期印象派艺术的各自的艺术特色，不仅重视光、色、线条的搭配造型功能，而且极为重视主观情感在其中的表现。在他的作品中，我们不时便会感到这种色与光相互交织的描写，并以此构成他主要的主题意象：对光明的不懈向往与追求。他将充满主观感情的光与色交融在文本中，应和了波德莱尔的“应和”理论，使诗歌创作获得了绘画美、音乐美的特质。正如他所说：“诗人在这样的时候，显出了他的艺术修养：即除了他所写的事物给以明确的轮廓之外，还能使人感到有种颜色或声音和那作品不可分离地融洽在一起。我们知道，很多作品有显然的颜色的，同时也是有可以听见的声音的。”“曾否问过自己呢？我有着‘我自己’的东西了吗？我有‘我的’颜色与线以及构图吗？”可见，绘画因素诸如色彩、线条、构图等是已被纳入艾青的审美视野中的，他的诗歌也由此而富有独特的审美特征。对绘画因素，尤其是色彩在文本中的强调，使艾青早期的作品中，呈现出一种色彩斑驳的审美倾向，而且这种意识伴随了他一生的创作。

（摘自尹成君《色彩表现与艾青诗歌的审美特征》）

第二章　20世纪40年代作品

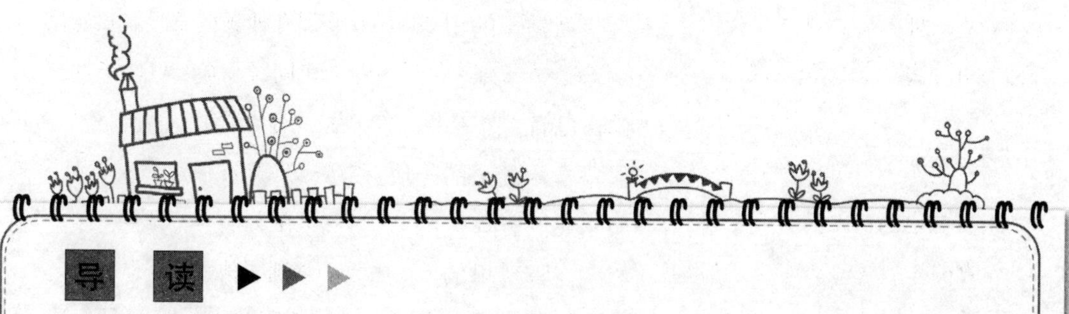

导　读

艾青被誉为“太阳与火把”的歌手，他将自我融入时代浪潮中。诗歌中出现了很多的“太阳”“光明”的意象，他几乎可以称为太阳和黎明之王。他一面为着祖国和人民悲哀，一面歌颂太阳、向往光明，坚信人们总有一天会脱离苦海。在阅读过程中，关注诗人自由体诗的风格特征，如诗中大量的设问、呼告、对话、引语等。

旷　野[①]

薄雾在迷蒙着旷野啊……

“薄雾在迷蒙着旷野啊”一句话概括了旷野的总体状态。

① 1940年，艾青在湖南新宁写下《旷野》一诗。

看不见远方——
看不见往日在晴空下的
天边的松林，
和在松林后面的
迎着阳光发闪的白垩岩了；
前面只隐现着
一条渐渐模糊的
灰黄而曲折的道路，
和道路两旁的
乌暗而枯干的田亩……

第三、四小节着力铺陈旷野中各个角落的景色。

田亩已荒芜了——
狼藉着犁翻了的土块，
与枯死的野草，
与杂在野草里的
腐烂了的禾根；
在广大的灰白里呈露出的
到处是一片土黄，暗赭[①]，
与焦茶的颜色的混合啊……
——只有几畦萝卜，菜蔬
以披着白霜的
稀疏的绿色，
点缀着
这平凡，单调，简陋
与卑微的田野。

荒芜的田亩、枯死的野草、腐烂的禾根，在这样的场景下，农民的生活又是如何的呢？

那些池沼毗连着，
为了久旱
积水快要枯涸了；
不透明的白光里

枯涸的积水、枯萎的枝干，大地之上百草凋零，满目疮痍，生机不在。

① 赭（zhě）：红褐色。

弯曲着几条淡褐色的
不整齐的堤岸；
往日翠茂的
水草和荷叶
早已沉淀在水底了；
留下的一些
枯萎而弯曲的枝干，
呆然站立在
从池面徐缓地升起的水蒸气里……

“灰白”“土黄”“暗赭”“淡褐色”这些颜色给人一种扑面而来的压迫感。

山坡横陈在前面，
路转上了山坡，
并且随着它的起伏
而向下面的疏林隐没……
山坡上，
灰黄的道路的两旁，
感到阴暗而忧虑的
只是一些散乱的墓堆，
和快要被湮埋了的
黑色的石碑啊。

“散乱的墓堆”“快被湮埋了的黑色的石碑”，这些景象让我们看到了一个饱经忧患的旷野和旷野上饱经忧患的农民。

一切都这样地
静止，寒冷，而显得寂寞……

灰黄而曲折的道路啊！
人们走着，走着，
向着不同的方向，
却好像永远被同一的影子引导着，
结束在同一的命运里；
在无止的劳困与饥寒的前面
等待着的是灾难、疾病与死亡——
彷徨在旷野上的人们
谁曾有过快活呢？

人们在苦难中挣扎，在困境中彷徨，却始终无法逃脱悲惨的命运。

然而
冬天的旷野
是我所亲切的——
在冷彻肌骨的寒霜上，
我走过那些不平的田塍[①]，
荒芜的池沼的边岸，
和褐色阴暗的山坡，
步伐是如此沉重，直至感到困厄
——像一头耕完了土地
带着倦怠归去的老牛一样……

“我”对旷野的情感是复杂的，它使“我”感到亲切，同时又使“我”感到困厄、无力。诗人为什么会有这样的感受？

而雾啊——
灰白而浑浊，
茫然而莫测，
它在我的前面
以一根比一根更暗淡的
电杆与电线，
向我展开了
无限的广阔与深邃……

你悲哀而旷达，
辛苦而又贫困的旷野啊……

没有什么声音，
一切都好像被雾窒息了；
只在那边
看不清的灌木丛里，
传出了一片
畏慑于严寒的
抖索着毛羽的

① 田塍（ tián chéng ）：田埂。

鸟雀的聒噪……

在那芦蒿和荆棘所编的篱围里
几间小屋挤聚着——
它们都一样地
以墙边柴木的凌乱，
与竹竿上垂挂的褴褛，
叹息着
徒然而无终止的勤劳；
又以凝霜的树皮盖的屋背上
无力地混合在雾里的炊烟，
描画了
不可逃避的贫穷……

人们在那些小屋里
过的是怎样惨淡的日子啊……
生活的阴影覆盖着他们……
那里好像永远没有白日似的，
他们和家畜呼吸在一起，
——他们的床榻也像畜棚啊；
而那些破烂的被絮，
就像一堆泥土一样的
灰暗而又坚硬啊……

小屋是破败与凌乱的，小屋里的人们也过着贫穷和惨淡的生活。这是广大农民艰难生活的真实写照。

而寒冷与饥饿，
愚蠢与迷信啊，
就在那些小屋里
强硬地盘踞着……

诗人以大量颓败的意象和沉郁的抒情，写出了他对残破农村以及苦难农民的同情，同时又折射出古老民族坚忍不拔、顽强不屈的精神。

农人从雾里
挑起篾箩[①]走来，

① 篾箩（miè luó）：竹篾编制的箩筐。

篾箩里只有几束葱和蒜；
他的毡帽已破烂不堪了，
他的脸像他的衣服一样污秽，
他的冻裂了皮肤的手
插在腰束里，
他的赤着的脚
踏着凝霜的道路，
他无声地
带着扁担所发出的微响，
慢慢地
在蒙着雾的前面消失……

> 这是一个贫苦又艰辛、悲哀又顽强的农民形象，也是古老、沧桑而又坚强的中华民族的形象。

旷野啊——
你将永远忧虑而容忍
不平而又缄默吗？

> 旷野本应该是宽阔而又富饶的，但此时的旷野却是一片惨淡和凋敝，诗人不禁发出呐喊："旷野啊——你将永远忧虑而容忍，不平而又缄默吗？"

薄雾在迷蒙着旷野啊……

> 与首句呼应，再次强调。写出了诗人对旷野的凋敝景象怀着深深的忧郁。

一九四〇年一月三日晨

树[1]

一棵树，一棵树
彼此孤立地兀立[2]着
风与空气
告诉着它们的距离

但是在泥土的覆盖下
它们的根伸长着
在看不见的深处
它们把根须纠缠在一起

一九四〇年春

这里的树象征这什么呢？

诗人由“树”想到泥土下的“根”，又由此联想到中华民族面临外敌入侵时英勇顽强、团结勇敢的精神。

① 这首诗是写于1940年春天，那时正处于抗日战争艰苦的相持阶段，中华民族正日益走向精神的觉醒。

② 兀立（wù lì）：笔直挺立。

解　冻

日子被严寒“窒息”着，运用拟人的修辞手法生动地写出了严寒带给人的压抑感。

多少日子被严寒窒息着；
多少残留的生命，
在凝固着的地层里
发出了微弱的喘吁……
今天，接受了这温暖的抚慰，
一切冻结着的都苏醒了——
深山里的积雪呀，
溪涧里的冰层呀，
在这久别的阳光下
融化着，解裂着……
到处都润湿了，
到处都淋着水柱；
在这晴朗的早晨，
每一滴水
都得到了光明的召唤，
欣欣地潜入低洼处，
转过阴暗的角落，
沿着山脚
向平野奔流……

阳光下，一切冻结着的都“苏醒”了。在诗人的笔下，每一滴水都似乎有了生命，它们得到“光明”的召唤，转过“阴暗”的角落，奔向平野。大自然渐渐有了生机。

平野摊开着，
被由山峰所投下的黑影遮蔽着；
乌暗的土地，
铺盖着灰白的寒霜，
地面上浮起了一层白气，
它在向上升华着，升华着，
直到和那从群山的杂乱的岩石间

浮移着的云团混合在一起……
而太阳就从这些云团的缝隙
投下了金黄的光芒，
那些光芒不安定地
熠耀着平野边上的山峦，
和沿着山峦而曲折的江河。

诗人观察细致，抓住了解冻时地面上的细微变化，并将它准确细致地描绘出来。

于是
被从各处汇集拢来的水潮所冲激，
江水泛滥了——
它卷带着
从山顶崩下的雪堆，
和溪流里冲来的冰块，
互相拼击着，漂撞着，
发出碎裂的声音流荡着；
那些波涛
喧嚷着，拥挤着，
好像它们
满怀兴奋与喜悦
一边捶打着朽腐的堤岸，
一边倾泻过辽阔的平野，
难于阻拦地前进着，
经过那枯褐的树林，
带着可怕的洪响，
淘涌到那
闪烁着阳光的远方去了……

诗人似乎是纯粹在写景，但从这细致的描绘中你是否能领悟到什么呢?

一九四〇年元月二十七日　湘南

愿春天早点来

我走出用纸糊满窗格的房子
站立在阴暗的屋檐下
看着田野

黄色的路
从门前经过
一直伸到天边

“黄色的路”准确而形象。作为一名画家，艾青总是可以准确地捕捉到事物的色彩。

畏缩这严寒
对于远方的旅行
我踌躇了

诗人以严寒暗喻全民族的苦难、社会的黑暗。

而且
池沼依然凝结着冰层
山上依然闪着残雪的白光

而且
天依然低沉
——明天恐怕还要下雪呢

于是，从我的心头
感到了
使我瑟缩的凉意

为了我的烦忧
我希望：
春天

它早点来

春天的到来即是光明的到来，表现了诗人对春天的向往，对光明的渴求。

等路旁吐出一点绿芽时
我将穿上芒鞋
去寻觅温暖

一九四〇年元月

岩　壁

万丈高的岩壁
耸立在江边，
遮去了半个天幕……

岩壁高耸、伟岸。

岩壁耸立着——
年月从它的下面流过；
地壳震动所崩坍的裂痕，
粗壮地刻划在它的上面，
那层层叠叠的
倾斜的缝隙间，
垂挂着无数被水冲流成的
红土的金黄的颜色，
灰白的颜色，
和滴漏而成的石乳，
和茸绿的苔藓，
以及千万种的寄生植物……
而壁面，被风雨所浸蚀，
已染成了紫色的、褐色的、酱色的，
奇异而富丽的花斑，
在那些花斑间，
强韧地繁殖着
挣着挺劲的枝丫的
是盖满茂密的叶丛的树木，
——无数以歌唱为生命的鸣禽，
栖息在那些葱郁的叶丛里；
在岩壁的巅顶
被着野草的红土丘上，

“岩壁”耸立着，年月从它的下面流过。地壳震动在“岩壁”上留下了痕迹，水流冲刷在“岩壁”上留下了痕迹，风雨的浸蚀也在“岩壁”上留下了痕迹，岩壁始终耸立着。就像伟大的中华民族，千百年来历经沧桑，依旧巍然屹立于世界民族之林。

盘踞着一株有百尺高的树干的
青苍的古松；
而那永不倦怠的鹰啊，
张开了它暗黑的翅翼，
徐缓地翔飞在暗空与古松之间，
不时地向空阔掷下了
欢快的呼啸……

岩壁上挺直的树木和永不倦怠的鹰不正是此时战斗在中华大地上的人民吗？

万丈高的岩壁，
耸立在万里长的江边……

诗的结尾与开头相呼应，再一次强调岩壁高耸而又伟大的形象。万丈高的岩壁，耸立在万里长的江边……言有尽而意无穷。

一九四〇年二月　夫夷江上

山　城

山是“暗绿”“灰青”的，小城是“乌黑”“暗赭”的，这一组意向给诗歌罩上了阴郁的色彩。

无论哪条街的尽头
都看到一片山。
暗绿的山，灰青色的山，
环住这乌黑的，暗赭色的小城 。

真实而又平常的小城景象。

街道是石子铺成的，
一头牛踏着沉重的脚步
从街上走过。
街旁摊排着：葱，蒜，地瓜，
和雪白而肥胖的萝卜。

“雨”“雾”“狂风”这一组意向富有诗意地再现了当时的社会现实。

太阳也懒得爬山——
每天中午，它才从
天顶上出现。
其他的时间，
从这里过去的是：
雨，雾，和突如其来的狂风。

女人的手像马铃薯一样垂着，老人的手和脸像烟叶一样发皱而焦黄。两个比喻生动形象地写出了他们的劳苦沧桑，写出了人民所遭受的苦难和不幸。

女人赤着脚缓慢地走过，
劳动的手像马铃薯一样垂着；
老人从木制的盒子里摸出烟草，
他们的手和脸像烟叶一样发皱而焦褐 。

木板房也被柴烟
熏成焦茶色了。晚上
一个人从小巷出来，

黑暗里，松烛的火花
煊[1]红了他诚朴的脸。

一九四〇年二月十二夜　湘南

---

① 煊：日出，光明，温暖。

山毛榉

“粗暴”这个形容词生动地写出了雷雨之大，来势之汹涌。

春日的雷雨，
粗暴地摇撼着山毛榉；
春日的雷雨，
摇撼着我的心啊！

面对雷雨，山毛榉不肯屈服，它在大地中汲取了力量“昂起头”“把根须攀缠住岩石与泥土”。

山毛榉，昂然举起了头，
在山野上飘起褐色的发，
感染了大地的爱与忧郁，
把根须攀缠住岩石与泥土；

“山毛榉”面对苦难时不屈服，历经苦难却依旧能慨然面对更大的苦难。思考一下，诗歌中“山毛榉”有什么象征意义？

欢喜沉默的
阳光与雾的朋友，
偶尔借风的语言
向山野披示痛苦；
历尽了冰霜与淫雨，
山毛榉慨然等待着霹雳的打击，
和那残酷的斧斤所带来的
伐木丁丁的声音……

一九四〇年春

鸫[①]

不知你是站在屋背上呢
还是站在树枝上
把我从沉睡中唤醒
你的歌声清新而委婉
圆润如花瓣上的新露
悦耳如情人的话语
给我这阴暗的房子
流注了草木的香气
和温柔如乳液的晨光
我从困倦中欣然起来
向窗外寻觅你的影子
你却飞走了……

而在邻家的屋背上
又听见了你的歌声
你又在用你纯真的歌声
永远流滴着欢愉的歌声

去唤醒每个沉睡的灵魂
——被无报偿的劳作
压倒在卧榻上的人们……

一九四〇年春　湘南

连用了两个比喻，写出鸫的叫声悦耳动听。

鸫的鸣叫让困倦的我欣然起来，它是带来希望的使者。

鸫不仅唤醒了困倦中的“我”，也唤醒了每一个沉睡的灵魂，它点燃了人们的希望之火，让受苦受难受压迫的人们苏醒。

① 鸫（dōng）：鸟类的一科，嘴细长而侧扁，翅膀长，善于飞翔，叫得很好听。

农　夫

你们是从土地里钻出来的吗？——
脸是土地的颜色
身上发出土地的气息
手像木桩一样粗拙
两脚踏在土地里
像树根一样难于移动啊

> 土地颜色的脸，散发着土地的气息，木桩一样粗拙的手，树根一样的脚，这是诗人眼中的农夫形象。

你们阴郁如土地
不说话也像土地
你们的愚蠢，固执与不驯服
更像土地啊

> 农夫和土地无法分割，农夫即是土地，土地也是农夫。农夫的阴郁也是土地的阴郁，土地的灾难也是农夫的灾难。

你们活着开垦土地，耕犁土地，
死了带着痛苦埋在土地里
也只有你们
才能真正地爱着土地

> 结尾是诗人情感的升华。土地是农夫赖以为生的东西，也是安葬的去处。正是这样血脉相连的关系，才使得人们深深地爱着土地，也誓死捍卫着土地。

一九四〇年四月

土　地

像一根带子连着一根带子，
无数田塍接连着田塍[①]……
长的，短的，粗的，细的，
一根纽结着一根，
平平地展开在地壳凹凸的表面，
伸张成不规则的褐色的网——
不整齐的田亩与池沼毗连着
缀成了颜色斑驳的图案；
紧随着季节与气候
以及困苦的手臂犁锄的操作
改变着每一片上面的颜色；
人类沿着网走成了路，
一条路连着一条路，
每一条路都通到无限去——
用脚步所织成的线络，
把千万颗心都纽结在一起；
从这里到天边，
从天边到这里，
幸运与悲苦呀，
哭泣与欢笑呀，
互相感染着，互相牵引着……
而且以同一的触角，
感触着同一的灾难，
——青青的血液沿着脉络，
密密地络住了它们乌黑的肉；

连用了两个比喻，把田塍比作一根连着一根的带子和不规则的褐色的网，写出了田塍的形状和颜色，极具画面感。

诗人由连着的田塍想到了连着的路，想到了生活在同一片土地上的千千万万的人民。

土地就是人民，田塍就是土地的脉络，是中华民族的联结，人们与土地同呼吸，共命运。

① 田塍（tián chéng）：亦作“田畻”，即田埂。

它们躺在那里
何等伸张自如啊……
被同一的阳光披盖着，
被同一的爱情灌溉着，
被同一的勤劳供养着……

一九四〇年四月十一日　湘南

太 阳

同我们距离得那么远
那么高高地在天的极顶
那么使我们渴求得流下了眼泪
那么使我们为朝向你而匍匐在地上
我们愿意为向你飞而折断了翅膀
我们甚至愿在你的烧灼中死去
我们活着在泥泞里像蚯蚓
永远翻动着泥土向上伸引
任何努力都是想早点离开阴湿
都是想从远处看见你的光焰
我们是蛾的同类要向你飞
我们甚至愿在你的烧灼中死去
只要你能向我们说一句话
一句从未听见却又很熟识的话
只是为了那句话我们才活着
只要你会说：凡看见你的都将会幸福
只要勤劳的汗有报偿，盲者有光
只要我们不再看见恶者的骄傲，正直人的血
只要你会以均等的光给一切的生命
我们相信这话你一定会有一天要证实
因此我们还愿意活着在泥泞里像蚯蚓
因此我们每天起来擦去昨天的眼泪
等待你用温热的手指触到我们的眼皮

连用四个“那么……”写出了诗人对太阳即对光明的强烈渴求。

“太阳”是艾青诗歌中的重要意向，象征着光明和理想。人们愿意为了追求太阳而折断翅膀甚至死去，实际上是写出了中华民族愿意为了追求光明、追求解放付出努力甚至牺牲生命。

连用两个比喻生动形象地写出了人们追求“太阳”即追求光明的执着精神。

一九四〇年四月十一日　湘南

月 光

把轻轻的雾撒下来
把安谧的雾撒下来
在褐色的地上敷上白光
月明的夜是无比温柔与宽阔的啊

环境描写。“轻轻的”，“安谧的”，“敷”在地面上的，给人一种静谧、柔和的感觉。

给我的灵魂以沐浴
我在寒冷的空气里走着
穿过那些石子铺的小巷
闻着田边腐草堆的气息

从触觉、嗅觉等感官角度写出月光给人带来的宁静、祥和之感。

那些黑影是些小屋
困倦的人们都已安眠了
没有灯光　静静地
连鼾声也听不见

我走过它们面前
温柔地浮起了一种想望
我想向一切的门走去
我想伸手叩开一切的门

诗人极细致地描绘着安静月夜下内心的细微感受。写出了诗人对于小屋里的人的关爱，了解，写出了诗人与这些小屋里的人是密不可分，相互关联的。

我想俯嘴向那些沉睡者
说一句轻微的话　不惊醒他们
像月光的雾一样流进他们的耳朵
说我此刻最了解而且欢喜他们每一个人

诗歌借月光写出了诗人对和平、宁静生活的向往。

一九四〇年四月十五日夜

灌木林

三月的灌木林，
绵展在
一排黑色的瓦
和土黄的泥墙的矮屋的那边；
那茂密的树林的
茂密的枝干，
被去年冬季的风
飘尽了绿叶
又吹黑了树皮，
只剩下郁暗的一片；
当太阳还没有从山头出来
灌木林，茂密的灌木林
绵展在那
绵亘[1]的大山的下面
显得多么安谧啊……

灌木林啊，
乌暗，浓郁，而又纤细，
从那些常绿树的暗绿的丛簇
伸出的无数光秃的枝干间
有鹰鹫[2]的家筑在上面，
千百种鸣鸟的声音，
向静空播出了
一切繁杂的音响，

> 诗歌开篇写了灌木林的生长环境。“黑色的瓦”“土黄的泥墙”的矮屋那边。

> 这部分写的是灌木林的整体形象。给人静谧、阴郁、沉重之感。思考一下，灌木林象征着什么？

> 生活在光秃枝干间的鹰鹫又象征着什么呢？

---

① 绵亘（mián gèn）：绵延不断。

② 鹰鹫（yīng jiù）：鹰和雕。泛指猛禽。

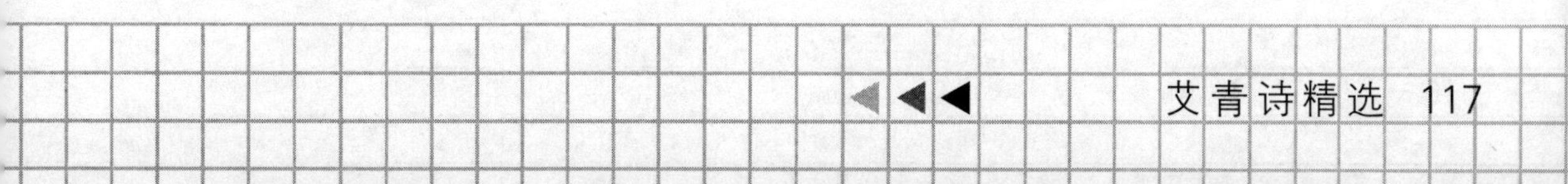

都在唤呼着那

此刻刚投射下来的阳光

乌暗、浓郁而又纤细的灌木林上有鸟兽的家，它们站在光秃的枝干间呼唤阳光，召唤光明。

初 夏

初夏的晴空，
绮丽而净洁；
晴空下的江水，
明亮而柔滑。

开篇的景物描写奠定了明朗欢快的基调。

一切都如此调协——
碧蓝的天与软白的云层下
排列着一行行的松林，
松林的空隙处
现露着反映着阳光的绵亘的远山。

“碧蓝”“软白”色调明亮。

由高到低，由近及远地描绘了初夏画面：碧蓝的天、软白的云，近处的松林和绵亘的远山，和谐而美好。

褐色的渡船，
停歇在江边
人们从船里
搬出了褐色的油饼
江水戏逐着阳光
静静地流着……
从江边的树荫下
传出了勤劳的耕牛的
困倦的鸣声……
又是播谷鸟
叫起人们勤奋的季节了：
那单调而诚挚的呼唤，
从林间流向静空
又徘徊在水田与水田之间……

运用了拟人的修辞手法，“戏逐”一词不仅把江水在阳光下流淌的画面展现了出来，也让读者似乎听到了潺潺的流水声，欢乐而明快。

景色静谧美好，人民勤劳淳朴。

燕子——轻快的翅翼之

矫健的飞翔；
爱在速度里沉醉的
自由的眷慕者
在江水与晴天的空阔里浮升……
高耸的堤岸上
庞然的樟树的遮覆下，
斧斤[1]的声音
铿锵地敲响了五月最初的日子，
那里，在木料与竹筒的狼藉间，
一些人们正在忙碌着修理
那呆然僵立在江边的暗褐的水车，
——它的破烂了的轮子，
已从去年冬季起
久久地停止了转运。

斧斤的声音又在木料与竹筒狼藉间敲响，人们劳动的场景又出现在了那久久停止运转的破烂的轮子旁。思考一下，诗人想表达什么呢？

一九四〇年

① 斧斤：各种斧子。

鞍鞯店

鞍鞯店开在街边
出售人类的聪明

这句话有极强的讽刺意味。这里的人类指的是谁呢？

“老板
我要一条鞭子”

“你自个儿拣：
这是打驴子的
这是打马的
那柄子短，皮条长的
是打骆驼的……”

众多的样式啊
众多的花彩啊
——连鞭子都这样美丽
“那边是辔头，轭
那是嚼子——用来钳住马的牙齿
那是马蹄铁——保护马蹄走远路……”

鞭子样式、花彩再众多，再美丽，也改变不了它们是用来打驴子、打马、打骆驼的事实。思考驴子、马、骆驼这一组意向代表着什么？

还有缰绳
麻做的缰绳
棕做的缰绳
染色的缰绳
“那是铁镫——用来跨上马背
那是铜铃——给走沙漠的骆驼
那是护包——给载重的驴子，可怜的驴子”

驴子为何可怜？难道不是因为人们给它的载重吗？鞍鞯店出售的护包做何用处？保护驴子？何其讽刺。

还有马鞍
牛皮的马鞍
红漆的马鞍
镶了白铜的马鞍

“这是染色的流苏
这是马尾鬃做的帚子
这是犀牛毛做的红缨
和这绣花的马鞯
——这一切
可以使畜生显得可爱……”
众多的样式啊
众多的花彩啊
——没有一样不美丽

人们束缚着动物，利用着动物，折磨着动物，却又把这些包装成“这一切可以使畜生显得可爱”，多么虚伪。

这一切都比魔术更虚伪
比宗教更狡猾
比杀戮更残忍
比法律更大胆啊

连用三个排比对“人类”的行为进行了揭露，对国民党统治进行了揭露。

鞍鞯店开在街边
出售人类的聪明

呼应开头。把诗人对国民党的讽刺体现得淋漓尽致。

一九四〇年

旷野（又一章）

玉蜀黍已成熟得像火烧般的日子：
在那刚收割过的苎麻[1]的田地的旁边，
一个农夫在烈日下
低下戴着草帽的头，
伸手采摘着毛豆的嫩叶。

诗人善于捕捉瞬间的画面，让读者快速地进入诗歌的意境中。

静寂的天空下，
千万种鸣虫的
低微而又繁杂的大合唱啊，
奏出了自然的伟大的赞歌；
知了的不息聒噪
和斑鸠的渴求的呼唤，
从山坡的倾斜的下面
茂密的杂木里传来……

昨天黄昏时还听见过的
那窄长的峡谷里的流水声，
此刻已停止了；
当我从阴暗的林间的草地走过时，
只听见那短暂而急促的
啄木鸟用它的嘴
敲着古木的空洞的声音。
阳光从树木的空隙处射下来，
阳光从我们的手扪[2]不到的高空射下来，

一切声音都静止了，周围是那样宁静，只有啄木鸟敲着古木的声音。这部分的环境描写为后文阳光的出场蓄势。

① 苎麻（zhù má）：属亚灌木或灌木植物。

② 扪（mén）：按、摸。

阳光投下了使人感激得抬不起头来的炎热
阳光燃烧了一切的生命，
阳光交付一切生命以热情；

赞美阳光所具有的巨大能量。这阳光就是希望。

啊，汗水已浸满了我的背；
我走过那些用卷须攀住竹篱的
豆类和瓜类的植物的长长的行列，
（我的心里是多么羞涩而又骄傲啊）
我又走到山坡上了，
我抹去了额上的汗
停歇在一株山毛榉的下面——

简单而蠢笨
高大而没有人欢喜的
山毛榉是我的朋友，
我每天一定要来访问，
我常在它的阴影下
无言地，长久地，
看着旷野：
旷野——广大的，蛮野的……
为我所熟识
又为我所害怕的，
奔腾着土地、岩石与树木的
凶恶的海啊……

把“旷野”比作“海”，写出了它广大、野蛮而又难以捉摸的特点。

不驯服的山峦，
像绿色的波涛一样
横蛮地起伏着；
黑色的岩石，
不可排解地纠缠在一起；
无数的道路，
好像是互不相通
却又困难地扭结在一起；

“山峦像绿色的波涛”“黑色的岩石”。作为一名画家，诗人总是能抓住事物的色彩进行描绘。

那些村舍
卑微的，可怜的村舍，
各自孤立地星散着；
它们的窗户，
好像互不理睬
却又互相轻蔑地对看着；
那些山峰，
满怀愤恨地对立着；
远远近近的野林啊，
也像非洲土人的鬈发，
茸乱的鬈发，
在可怕的沉默里，
在莫测的阴暗的深处，
蕴藏着千年的悒郁[1]。

岩石“纠缠”在一起，道路“扭结”在一起，窗户“互不理睬”，山峰“满怀愤恨地对立着”。沉默的旷野是孤寂的，令人压抑的，诗人的内心是纠结的，迷茫的。

诗人对于旷野凋敝景象的深深忧郁之情。

而在下面，
在那深陷着的峡谷里。
无数的田亩毗连着，
那里，人们像被山岩所围困似的
宿命地生活着：
从童年到老死，
永无止息地弯曲着身体，
耕耘着坚硬的土地；
每天都流着辛勤的汗，
喘息在
贫穷与劳苦的重轭下……

旷野上的人们辛苦地劳作着、耕耘着，却依旧劳苦，贫穷。这是当时农民的真实生存状态。

为了叛逆命运的摆布，
我也曾离弃了衰败了的乡村，
如今又回来了。
何必隐瞒呢——

① 悒郁（yìyù）：忧郁、苦闷、抑郁。

“我”始终是旷野的儿子。这是诗人发自肺腑的心声。诗人与旷野血脉相连。

我始终是旷野的儿子。
看我寂寞地走过山坡，
缓慢地困苦地移着脚步，
多么像一头疲乏的水牛啊；
在我松皮一样阴郁的身体里，
流着对于生命的烦恼与固执的血液；
我常像月亮一样，
宁静地凝视着
旷野的辽阔与粗壮；
我也常像乞丐一样，
在暮色迷蒙时
谦卑地走过
那些险恶的山路；
我的胸中，微微发痛的胸中，
永远地汹涌着
生命的不羁与狂热的欲望啊！
而每天，
当我被难于抑止的忧郁所苦恼时，
我就仰卧在山坡上，
从山毛榉的阴影下
看着旷野的边际——
无言地，长久地，
把我的火一样的思想与情感
溶解在它的波动着的
岩石，阳光与雾的远方……

这里“波动着的岩石”“阳光”“雾”分别象征着什么呢？

一九四〇年七月八日　四川

公 路

像那些阿美利加人
行走在加里福尼亚的大道上
我行走在中国西部高原的
新辟的公路上

诗人想借这条新辟的公路表达什么情感呢？

我从那隐蔽在群山的峡谷里的
一个卑微的小村庄里出来
我从那阴暗的，迷蒙着柴烟的小瓦屋里出来
带着农民的耿直与痛苦的激情
奔上山去——
让空气与阳光
和展开在山下的如海洋一样的旷野
拂去我的日常的烦琐
和生活的苦恼
也让无边的明朗的天的幅员
以它的毫无阻碍的空阔
松懈我的长久被窒息的心啊……

诗人出来的地方是“卑微的”“阴暗的”“迷蒙着柴烟的”，为后文诗人行走在公路上的欢愉做铺垫。

被“窒息”的心，写出了诗人长久处在沉重和压抑之中。

绵长的公路
沿着山的形体
弯曲地，伏贴地向上伸引
人在山上慢慢地升高
慢慢地和下界远离
行走在大气的环绕里
似乎飘浮在半空
我们疲倦了
可以在一棵古树的根上

坐下休息
听山涧从巉岩[1]间
奔腾而下
看鹰鹫与雕鸽
呼叫着又飞翔着
在我们的身边……

诗人生动地描绘了公路上的所见，让人身临其境。

而背上负着煤袋的骡马队
由衣着褴褛的人们带引着
由倦怠的喝叱和无力的鞭打指挥着
凌乱地从这里过去
又转进了一个幽僻山峡里去
我们可以随着它们的步伐
揣摹着在那山峡里和衰败的古庙相毗连
有着一排制造着简陋的工业品的房屋
那些载重的卡车啊
带着愉快的隆隆之声而来
车上的货物颠簸着
那些年轻的人们
朝向我这步行者
扬臂欢呼
在这样的日子
即使他们的振奋
和我的振奋不是来自同一的缘由
我的心也在不可抑制地激动啊

诗人看到了从公路上凌乱而过的“骡马队”，由此想象着在山峡里的制造工业品的房屋、隆隆而来的载满货物的卡车，和扬臂欢呼的年轻人，这些事物都是新时代的象征，这是多么令人振奋的场景啊。

更有那些轻捷的汽车
挣着从金属的反射
所投射出来的白光之翅
陶醉在疾行的速度里
在山脉上

① 巉岩（chán yán）：高而险的山岩。

勇敢地飞驰
鼓舞了我的感情与想象
和它们比翼在空中

于是
我的灵魂得到了一次解放
我的肺腑呼吸着新鲜
我的眼瞳为远景而扩大
我的脚因欢忭[①]而跛行在世界上

诗人直抒胸臆，连用四句排比，把行走在公路上愉悦而激动的心情毫不掩饰地表达出来。

用坚强的手与沉重的铁锤所劈击
又用爆烈的炸药轰开了岩石
在万丈高的崖壁的边沿
以石块与泥土与水门汀
和成千成万的劳动者的汗
凝固成了万里长的道路
上面是天穹
——一片令人看了要昏眩的蓝色
下面是大江
不止地奔腾着江水
无数的乌暗的木船和破烂的布帆
几乎是静止地漂浮在水面上
从这里看去
渺小得只成了一些灰暗的斑点
人行走在高山之上
远离了烦琐与阴暗的住房
可怜的心，诚朴的心啊
终于从单纯与广阔
重新唤醒了
一个生命的崇高与骄傲——
即使我是一个蚂蚁

这道路是用“坚强的手”与“沉重的铁锤”所劈击的，是成千成万的劳动者的汗凝固成的。这条公路不正象征着中国共产党领导的社会主义道路吗？

① 欢忭（huān biàn）：喜悦、欢乐。

或是一只有坚硬的翅膀的蚱蜢
在这样的路上爬行或飞翔
也是最幸福的啊……

> 诗人连用两个比喻再次抒发自己抑制不住的幸福之感。

今天，我穿着草鞋
戴着麦秆编的凉帽
行走在新辟的公路上
我的心因为追踪自由
而感到无限地愉悦啊
铺呈在我的前面的道路
是多么宽阔！多么平坦！
多么没有羁绊地自如地
向远方伸展——
我们可以清楚地看见
它向天的边际蜿蜒地远去
那么豪壮地络住了地面
当我在这里向四周凝望
河流，山丘，道路，村舍
和随处都成了美丽的丛簇的树林
无比调谐地浮现在大气里
竟使我如此明显地感到
我是站在地球的巅顶

> 诗人的愉悦之情是这么炽烈，这么明显。

> 公路“向天的边际远去”，“豪壮地络住”了地面，这是一幅多么恢宏的画面啊。

> 宽阔而平坦的公路让诗人充满希望。

一九四〇年秋

刈草的孩子

夕阳把草原燃成通红了。
刈草的孩子无声地刈草，
低着头，弯曲着身子，忙乱着手，
从这一边慢慢地移到那一边……

草已遮没他小小的身子了——
在草丛里我们只看见：
一只盛草的竹篓，几堆草，
和在夕阳里闪着金光的镰刀……

一九四〇年

景物描写，给全诗笼罩上一层阔大、凄美的气氛。

一系列动作描写把孩子刈草的形象生动地展现在了读者眼前，这极强的画面感也体现了艾青诗歌所特有的美术性。

在这阔大的背景之下，一切都是这样渺小、静谧。

篝　火

"快乐的"火焰，这是诗人独特的感受，运用拟人的手法生动形象地写出了篝火熊熊燃烧的场景，火焰跳动，温暖炽热。

黄昏降落到我们的旷野，
快乐的火焰就升起了——
它在黝黑的树林下面，
闪耀着炫眼的红光……

白色的烟像夜间的雾，
弥漫了山谷和树林，
跟随着秋天晚上的风
徐缓地流散到远方……

这部分描写极具画面感，像一幅素描，简练而凝重，静谧而充满希望，作者的情思也尽在其中。

在白烟的树林里，
在篝火的照耀里，
映着几个农夫和农妇
背负着收获物晚归的暗影。

一九四〇年八月三十日夜

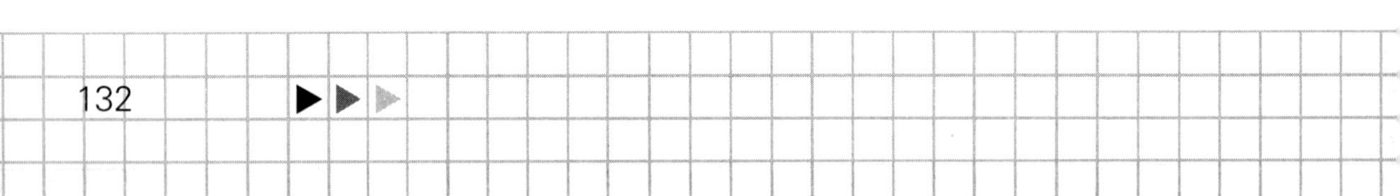

古　松

你和这山岩一同呼吸一同生存
你比生你的土地显得更老
比山崖下的河流显得更老
你的身体又弯曲，又倾斜
好像载负过无数的痛苦
你的裂皱是那么深，那么宽
而又那么繁复交错
甚至蜜蜂的家属在里面居住
蚂蚁的队伍在里面建筑营房
而在你的丫杈间的洞穴里
有着胸脯饱满的鸽子的宿舍——
它们白天就成群地飞到河流对岸的平地上去
也有着尾巴像狗尾草似的松鼠的家
它们从你伸长着的枝丫
跳到另一棵比你年轻的松树上
比小鸟还要显得敏捷
你的头那样高高地仰着
风过去时，你发出低微的呻吟
一个捡柴的小孩站在下面向你看，
你显得多么高！
你的叶子同云翳掺和在一起
白云在你上面像是你的披发
一伙蚂蚁从你的脚跟到你的头上
是一次庄严的长途旅行
你的身体是铁质和砂石熔铸成的
用无比的坚强领受着风、雨、雷、电的打击
而每次阴云吹散后的阳光带给你微笑

写古松的形象，诗人着力刻画它的苍老。

古松负载沉重，蜜蜂、蚂蚁、鸽子和松鼠都依靠古松而栖息。

古松高大、伟岸。

你屹立在悬崖的上面像老人
你庇护这山岩，用关心注视我们的乡村；
你是美丽的——虽然你太苍老了。

一九四〇年

诗人赞美古松的美丽，赞美它美丽的精神——虽然苍老且负载承重却很坚强。思考一下，古松这个意向代表着什么？

黎明的通知[①]

为了我的祈愿
诗人啊，你起来吧

开篇就以“黎明”的口吻直接呼唤：“诗人啊，你起来吧”，情感真挚热烈。

而且请你告诉他们
说他们所等待的已经要来

说我已踏着露水而来
已借着最后一颗星的照引而来

我从东方来
从汹涌着波涛的海上来

我将带光明给世界
又将带温暖给人类

全诗都是两小节一句，短小精悍且多为口语化的句子，便于抒发诗人强烈的情感。

借你正直人的嘴
请带去我的消息

通知眼睛被渴望所灼痛的人类
和远方的沉浸在苦难里的城市和村庄

“眼睛被渴望灼痛”写出了战火中人们对和平的强烈渴望。

请他们来欢迎我——
白日的先驱，光明的使者

① 《黎明的通知》作于1942年初，即延安文艺座谈会之前。那是艾青从重庆奔赴延安的第二年，抗日战争进入了最艰苦的阶段。

打开所有的窗子来欢迎
打开所有的门来欢迎

请鸣响汽笛来欢迎
请吹起号角来欢迎

请清道夫来打扫街衢[①]
请搬运车来搬去垃圾

让劳动者以宽阔的步伐走在街上吧
让车辆以辉煌的行列从广场流过吧

请村庄也从潮湿的雾里醒来
为了欢迎我打开它们的篱笆

请村妇打开她们的鸡埘
请农夫从畜棚牵出耕牛

借你的热情的嘴通知他们
说我从山的那边来，从森林的那边来

请他们打扫干净那些晒场
和那些永远污秽的天井

请打开那糊有花纸的窗子
请打开那贴着春联的门

请叫醒殷勤的女人
和那打着鼾声的男子

请年轻的情人也起来

黎明让诗人把通知告诉“城市”和“村庄”，请人们行动起来，迎接黎明的到来。黎明象征着什么？为什么要人们如此隆重地迎接它的到来？

① 街衢（jiē qú）：四通八达的道路。

和那些贪睡的少女

请叫醒困倦的母亲
和她身旁的婴孩

请叫醒每个人
连那些病者与产妇

连那些衰老的人们
呻吟在床上的人们

连那些因正义而战争的负伤者
和那些因家乡沦亡而流离的难民

请叫醒一切的不幸者
我会一并给他们以慰安

请叫醒一切爱生活的人
工人，技师以及画家

请歌唱者唱着歌来欢迎
用草与露水所掺和的声音

请舞蹈者跳着舞来欢迎
披上她们白雾的晨衣

> 夜晚结束，黎明自然会到来，可是诗人却极力铺陈，让人们做好准备，迎接黎明的到来。诗人这么写有什么用意吗？

请叫那些健康而美丽的醒来
说我马上要来叩打她们的窗门

请你忠实于时间的诗人
带给人类以慰安的消息

请他们准备欢迎，请所有的人准备欢迎

当雄鸡最后一次鸣叫的时候我就到来

请他们用虔诚的眼睛凝视天边
我将给所有期待我的以最慈惠的光辉

趁这夜已快完了，请告诉他们
说他们所等待的就要来了

一九四〇年

艾青以诗人的敏感，看到了即将到来的黎明。写出了诗人坚信这场斗争必将胜利，人民必将能迎接胜利的曙光。

我的父亲

一

近来我常常梦见我的父亲——
他的脸显得从未有过的“仁慈”，
流露着对我的“宽恕”，
他的话语也那么温和，
好像他一切的苦心和用意，
都为了要袒护他的儿子。

> 艾青的诗歌有散文化倾向，语言朴素简洁，很少注意韵脚的限制或字数的整齐，但却有内在的韵律、和谐的节奏。这首诗歌就很明显地表现出这种散文化倾向。

去年春天他给我几次信，
用哀恳的情感希望我回去，
他要嘱咐我一些重要的话语，
一些关于土地和财产的话语：
但是我拂逆了他的愿望，
并没有动身回到家乡，
我害怕一个家庭交给我的责任，
会毁坏我年轻的生命。

> 父亲用哀恳的情感希望“我”回去，但是“我”拂逆了他的愿望，并没有动身回到家乡。诗人在革命和家庭之间做了选择。

五月石榴花开的一天，
他含着失望离开人间。

二

我是他的第一个儿子，

他生我时已二十一岁，
正是满清最后的一年，
在一个中学堂里念书。
他显得温和而又忠厚，
穿着长衫，留着辫子，
胖胖的身体，红褐的肤色，
眼睛圆大而前突，
两耳贴在脸颊的后面，
人们说这是“福相”，
所以他要“安分守己”。

肖像描写，从衣着、发型、体态、肤色、面部特点等刻画了父亲的形貌，而且写出了他的性格，展示了他的内心世界。

满足着自己的“八字”，
过着平凡而又庸碌的日子，
抽抽水烟，喝喝黄酒，
躺在竹床上看《聊斋志异》，
讲女妖和狐狸的故事。
他十六岁时，我的祖父就去世；
我的祖母是一个童养媳，
常常被我祖父的小老婆欺侮；
我的伯父是一个鸦片烟鬼，
主持着“花会”，玩弄妇女；
但是他，我的父亲，
却从“修身”与“格致”学习人生——
做了他母亲的好儿子，
他妻子的好丈夫。

与祖父和伯父沉醉于吃喝嫖赌不同，父亲从“修身”与“格致”学习人生，对于家庭他是母亲的好儿子，是妻子的好丈夫。

接受了梁启超的思想，
知道“世界进步弥有止期”，
成了“维新派”的信徒，
在那穷僻的小村庄里，
最初剪掉乌黑的辫子。
《东方杂志》的读者，
《申报》的订户，

“万国储蓄会”的会员，
堂前摆着自鸣钟，
房里点着美孚灯。

镇上有曾祖父遗下的店铺——
京货，洋货，粮食，酒，“一应俱全”
它供给我们全家的衣料，
日常用品和饮茶的点心，
凭了折子任意拿取一切什物；
三十九个店员忙了三百六十天，
到过年主人拿去全部的利润。

村上又有几百亩田，
几十个佃户围绕在他的身边，
家里每年有四个雇农，
一个婢女，一个老妈子，
这一切造成他的安闲。

父亲接受了新思想，在穷僻的小村里他第一个剪掉乌黑的辫子。他重视知识，订了《东方杂志》和《申报》，但这些都没有改变他地主阶级的本质。

没有狂热！不敢冒险！
依照自己的利益和趣味，
要建立一个“新的家庭”，
把女儿送进教会学校，
督促儿子要念英文。

用批颊和鞭打管束子女，
他成了家庭里的暴君，
节俭是他给我们的教条，
顺从是他给我们的经典，
再呢，要我们用功念书，
密切地注意我们的分数，
他知道知识是有用的东西——
一可以装点门面，
二可以保卫财产。

父亲接触新思想，重视知识，督促儿女念英文，结交权贵，重视社会关系，都是为了自己的利益。诗人借父亲刻画了一个自私自利的地主形象。

这些是他的贵宾：
退伍的陆军少将，
省会中学的国文教员，
大学法律系和经济系的学生，
和镇上的警佐，
和县里的县长。

经常翻阅世界地图，
读气象学，观测星辰，
从“天演论”知道猴子是人类的祖先；
但是在祭祀的时候，
却一样地假装虔诚，
他心里很清楚：
对于向他缴纳租税的人们，
阎罗王的塑像，
比达尔文的学说更有用处。

父亲经常翻阅世界地图，读点气象学，观测星辰，从“天演论”知道猴子是人类的祖先，但这些科学知识并没有改变他剥削者的本质。

无力地期待“进步”，
漠然地迎接“革命”，
他知道这是“潮流”，
自己却回避着冲击，
站在遥远的地方观望……

一九二六年
国民革命军从南方出发
经过我的故乡，
那时我想去投考“黄埔”，
但是他却沉默着，
两眼浑浊，没有回答。

父亲的沉默正是源自于他矛盾、自私的心理。父亲知道革命是“潮流”，不可阻挡，却只想在远方观望，因为他知道追随革命需要牺牲，要付出代价。他只想跟着“潮流”得利，却不愿自己有任何牺牲。

革命像暴风雨，来了又去了。

无数年轻英勇的人们，

都做了时代的奠祭品，
在看尽了恐怖与悲哀之后，
我的心像失去布帆的船只
在不安与迷茫的海洋里漂浮……

地主们都希望儿子能发财，做官，
他们要儿子念经济与法律：
而我却用画笔蘸了颜色，
去涂抹一张风景，
和一个勤劳的农人。

这是“我”第一次令父亲失望，也暗示着“我”与父亲所属阶级的对立。

少年人的幻想和热情，
常常鼓动我离开家庭：
为了到一个远方的都市去，
我曾用无数功利的话语，
骗取我父亲的同情。

一天晚上他从地板下面，
取出了一千元鹰洋，
两手抖索，脸色阴沉，
一边数钱，一边叮咛：
“你过几年就回来，
千万不可乐而忘返！”

试着从人物描写角度赏析这一小节。

而当我临走时，
他送我到村边，
我不敢用脑子去想一想
他交给我的希望的重量，
我的心只是催促着自己：
“快些离开吧——
这可怜的田野，
这卑微的村庄，
去孤独地漂泊，

这是诗人“背叛”父亲，迈向革命的开始。

去自由地流浪！”

三

几年后，一个忧郁的影子
回到那个衰老的村庄，
两手空空，什么也没有——
除了那些叛乱的书籍，
和那些狂热的画幅，
和一个殖民地人民的
深刻的耻辱与仇恨。

艾青回国后因参加中国左翼美术家联盟而被捕入狱。

七月，我被关进了监狱
八月，我被判决了徒刑；
由于对他的儿子的绝望
我的父亲曾一夜哭到天亮。
在那些黑暗的年月，
他不断地用温和的信，
要我做弟妹们的“模范”，
依从“家庭的愿望”，
又用衰老的话语，缠绵的感情，
和安排好了的幸福，
来俘虏我的心。

父亲对诗人的爱是真实的，但他不懂诗人的信仰也是真实的，父亲和儿子间的这种“矛盾”是不可调和的。

当我重新得到了自由，
他热切地盼望我回去，
他给我寄来了
仅仅足够回家的路费。

他向我重复人家的话语，
（天知道他从哪里得来！）

说中国没有资产阶级，
没有美国式的大企业，
没有残酷的剥削和榨取；
他说：“我对伙计们，
从来也没有压迫，
就是他们真的要革命，
又会把我怎样？”
于是，他摊开了账簿，
摊开了厚厚的租谷簿，
眼睛很慈和地看着我
长了胡须的嘴含着微笑
一边用手指拨着算盘
一边用低微的声音
督促我注意弟妹们的前途
但是，他终于激怒了——
皱着眉头，牙齿咬着下唇，
显出很痛心的样子，
手指节猛击着桌子，
他愤恨他儿子的淡漠的态度，
——把自己的家庭，
当作旅行休息的客栈；
用看秽物的眼光，
看祖上的遗产。
为了从废墟中救起自己，
为了追求一个至善的理想，
我又离开了我的村庄，
即使我的脚踵淋着鲜血，
我也不会停止前进……

塑造了一个摆脱家庭负累，义无反顾奔向时代的革命战士的形象。

我的父亲已死了，
他是犯了鼓胀病而死的；
从此他再也不会怨我，
我还能说什么呢？

他是一个最平庸的人；
因为胆怯而能安分守己，
在最动荡的时代里，
度过了最平静的一生，
像无数的中国地主一样：
中庸，保守，吝啬，自满，
把那穷僻的小村庄，
当作永世不变的王国；
从他的祖先接受遗产，
又把这遗产留给他的子孙，
不曾减少，也不曾增加！
就是这样——
这就是为什么我要可怜他的地方。
如今我的父亲，
已安静地躺在泥土里
在他出殡的时候，
我没有为他举过魂幡[①]
也没有为他穿过粗麻布的衣裳；
我正带着嘶哑的歌声，
奔走在解放战争的烟火里……

父亲因为鼓胀病而死，“我”却没有参加他的葬礼，因为我正奔走在解放战争的烟火里。写出了诗人对理想的追求，对革命的忠诚，也隐含着诗人对父亲的同情。

母亲来信嘱咐我回去，
要我为家庭处理善后，
我不愿意埋葬我自己，
残忍地违背了她的愿望，
感激战争给我的鼓舞，
我走上和家乡相反的方向——
因为我，自从我知道了
在这世界上有更好的理想，
我要效忠的不是我自己的家，

① 魂幡（hún fān）：招引亡灵的旗子。

而是那属于万人的
一个神圣的信仰。

一九四一年八月

这首诗中“父母”和“家乡”象征着过去，象征着旧阶级，“我”走上了和家乡相反的方向，表现出的是诗人对于革命、理想的渴望和追求。

微信扫码
★配套音频
★知识梳理
★智能题库
★读写提升

秋天的早晨

在幽暗的山谷间
延河静静地流着
沿着山脚弯曲伸展
在田亩上放射银光

月亮已从山背回去
启明星闪耀在我们的山顶
四野响起雄鸡的晨唱
和接续的悠远的号声

诗人由低到高，由视觉到听觉，细致地描绘了早晨即将到来的景色，使人身临其境。

秋天已沿着河岸来了——
披着稀薄的雾，带着微寒；
大豆萎黄了，荞麦枯焦了，
田亩上星散着收获物的堆积

金色的苞谷米
铺在屋背的斜面上
从那边的磨房传出
齐匀的筛面的声音

眼前格外显眼的金色预示着秋天的到来，耳边齐匀的筛面的声音暗含着丰收的喜悦。

农夫从打开的门里出来
背脊因劳苦而微微驼起
一边呛咳，一边扣着纽扣
缓慢地向畜棚走去

农夫一边咳嗽一边扣纽扣，缓慢地走向畜棚，这几个连续的动作不仅形象生动地描绘了乡下农夫的生活场景，也写出了这是天气微寒的时节——秋天的早晨。

那肮脏而懒惰的猪突然跃起
从木栅里伸动它的鼻子

企望主人给它丰盛的早餐
用刺耳的尖叫表示欢喜

农夫却把关心放到驴子身上
因为它勤奋劳苦而又瘦削
他把昨晚为它切好的干草
和了豆壳倒进了石槽

于是他走到圆大的磨床旁边
用高粱秆扎的帚子扫着磨床
慢慢地抽完了一次旱烟之后
从屋檐上取下驴子的轭套

他又从屋里搬出一箩小米
快要溢出的是无数细小的金珠
伸出粗糙而干裂的手取了几颗
放到嘴里用黄色的大牙咬着

运用比喻的修辞手法，把小米比喻成“金珠”，抓住了小米颜色的特征。而这金珠是快要“溢”出的，给人一种丰收的幸福感。

干脆地！太阳从山顶投下光芒
他驾好驴子，把小米倒上磨床
用力在驴子的股肉上一拍
把这金黄的日子碾动了……

诗歌中多次出现“金色”，“金色”的阳光、“金色”的日子、“金珠”般的小米，这是秋天特有的色彩，给人一种充满希望的感觉。

长长的骡马队从土墙边过去
骡夫高声喝叱着，挥着鞭子
零乱而清新，铜铃在震响
那声音沿着河流慢慢远逝

秋天的早晨，院子里农夫起床、喂牲畜、扫磨床、抽旱烟、搬出小米、架驴磨米，院子外骡马队走过，声音慢慢远逝。这是多么普通的生活场景啊，可在诗人的笔下却是这样充满诗意。

这时候，在河流的彼岸
一个青年为清晨的大气所兴奋
在那悬崖的下面，迎着流水
唱着一支无比热情的歌曲

一九四一年十月四日

时 代

我站立在低矮的屋檐下
出神地望着蛮野的山冈
和高远空阔的天空，
很久很久心里像感受了什么奇迹，
我看见一个闪光的东西
它像太阳一样鼓舞我的心，
在天边带着沉重的轰响，
带着暴风雨似的狂啸，
隆隆滚碾而来……

在诗人的想象中，时代像远方的火车，带着太阳般的光芒朝着人们隆隆驶来，势不可当。

我向它神往而又欢呼！
当我听见从阴云压着的雪山的那面
传来了不平的道路上巨轮颠簸的轧响
我的心追赶着它，激烈地跳动着
像那些奔赴婚礼的新郎
——纵然我知道由它所带给我的
并不是节日的狂欢
和什么杂耍场上的哄笑，
却是比一千个屠场更残酷的景象，
而我却依然奔向它
带着一个生命所能发挥的热情。

正是这个时代让诗人看到了各种残酷的景象，体会到了精神上的痛苦，但诗人依旧“带着一个生命所能发挥的热情”奔赴它，甘愿为这个时代奉献全部的身心。

我不是弱者——我不会沾沾自喜，
我不是自己能安慰或欺骗自己的人
我不满足那世界曾经给过我的
——无论是荣誉，无论是耻辱
也无论是阴沉的注视和黑夜似的仇恨

以及人们的目光因它而闪耀的幸福
我在你们不知道的地方感到空虚
我要求更多些，更多些啊
给我生活的世界
我永远伸张着两臂
我要求攀登高山
我要求横跨大海
我要迎接更高的赞扬，更大的毁谤
更不可解的怨恨，和更致命的打击——
都为了我想从时间的深沟里升腾起来……

直抒胸臆，写了诗人勇于投身时代的决心，为时代而革命而战斗，不惧仇恨、不怕毁谤甚至是更致命的打击。

没有一个人的痛苦会比我更甚的——
我忠实于时代，献身于时代，而我却沉默着
不甘心地，像一个被俘虏的囚徒
在押送到刑场之前沉默着
我沉默着，为了没有足够响亮的语言
像初夏的雷霆滚过阴云密布的天空
抒发我的激情于我的狂暴的呼喊
奉献给那使我如此兴奋，如此惊喜的东西
我爱它胜过我曾经爱过的一切
为了它的到来，我愿意交付出我的生命
交付给它从我的肉体直到我的灵魂
我在它的前面显得如此卑微
甚至想仰卧在地面上
让它的脚像马蹄一样踩过我的胸膛

诗人以最真挚最强烈的情感拥抱自我，拥抱时代。

一九四一年十二月十六日晨

太阳的话

打开你们的窗子吧
打开你们的板门吧
让我进去，让我进去
进到你们的小屋里

连用两个“让我进去”，写出了太阳想要进到小屋的急切心情。

我带着金黄的花束
我带着林间的香气
我带着亮光和温暖
我带着满身的露水

诗人用四个整齐的排比句写出了太阳所带来的美好。

快起来，快起来
快从枕头里抬起头来
睁开你的被睫毛盖着的眼
让你的眼看见我的到来

让你们的心像小小的木板房
打开它们的关闭了很久的窗子
让我把花束，把香气，把亮光，
温暖和露水洒满你们心的空间。

与文章前两小节相照应。召唤人们敞开心扉迎接太阳，迎接一切的美好的事物。

一九四二年一月十四日

给太阳

早晨，我从睡眠中醒来，
看见你的光辉就高兴；
——虽然昨夜我还是困倦，
而且被无数的恶梦纠缠。

“我”被无数的“恶梦”纠缠，这里的“恶梦”指的是当时民族所遭受的苦难，社会的黑暗。

你新鲜，温柔，明洁的光辉，
照在我久未打开的窗上，
把窗纸敷上浅黄如花粉的颜色，
嵌在浅蓝而整齐的格影里。

我心里充满感激，从床上起来，
打开已关了一个冬季的窗门，
让你把金丝织的明丽的台巾，
铺展在我临窗的桌子上。

于是，我惊喜地看见你；
这样的真实，不容许怀疑，
你站立在对面的山巅，
而且笑得那么明朗——
我用力睁开眼睛看你，
渴望能捕捉你的形象——
多么强烈！多么恍惚！多么庄严
你的光芒刺痛我的瞳孔。

阳光由浅黄如花粉，到如金丝织的明丽的台巾，到后来的光芒刺痛我的瞳孔，诗人通过光线由暗到明的变化，写出了诗人对于光明到来的希冀。

太阳啊，你这不朽的哲人，
你把快乐带给人间，
即使最不幸地看见你，
也在心里感受你的安慰。

诗人讴歌太阳，把太阳比作不朽的哲人、时间的锻冶工，赞美它给人们带来快乐和安慰，也带给人们对未来生活的希望。

你是时间的锻冶工，
美好的生活的镀金匠；
你把日子铸成无数金轮，
飞旋在古老的荒原上 ……

诗人用极大的热忱再一次歌颂太阳带给人们带来的改变，太阳给一切的生命带来希望，让生命远离黑夜，远离阴暗。

假如没有你，太阳，
一切生命将匍匐在阴暗里，
即使有翅膀，也只能像蝙蝠
在永恒的黑夜里飞翔。

我爱你像人们爱他们的母亲，
你用光热哺育我的观念和思想——
使我热情地生活，为理想而痛苦，
直到我的生命被死亡带走。

诗歌的最后，再一次强调了诗人对太阳的渴望，也写出了太阳带给他的对于灵魂的洗礼，感情真实，热烈，赤忱！

经历了寂寞漫长的冬季，
今天，我想到山巅上去，
解散我的衣服，亦裸着，
在你的光辉里沐浴我的灵魂 ……

一九四二年三月十一日

河边诗草（五首）

歌

像初升的阳光刺击着
我的心充塞着青春的欢乐啊！
我在山巅上唱着粗野的歌
唱着没有拍节的没有词句的歌
唱着一些从心里流出的自由的歌
我一边唱一边从山上飞奔而下
歌声像风一样愉快地飘扬

诗人此刻是多么自由、畅快啊！

一个农夫从山脚上来
背了犁耙牵了一头母牛
年轻的母牛啊，要做母亲的母牛
奇怪啊，那母牛突然停住了脚步
朝向我睁着眼竖起了耳朵
听着我的粗野的歌

新　苗

那些焚烧树林的都离开此地了
他们遗留下荒凉让我们开垦
我们耕耘，我们碎土，我们播种，
用自己的汗水灌溉大豆与小麦

种子象征着革命意识，这些种子醒来代表着中华民族的革命意识觉醒，它终将成长、壮大最后获得胜利。

太阳依然照着我们的土地
雨露依然给我们滋润
如今我们的种子已从温暖里醒来
含着绿色的微笑露出在地面

呼　唤

从深幽的山谷里
又传出布谷鸟的殷勤的呼唤了：
“春雷响过了
雨也下过了
土地也松了
勤奋的人们啊
快块地播种吧……”

布谷鸟它看尽了中国农民的日常苦恼
也看见了辛勤所得的收获
永远落在懒惰的人们的手里
它的咽喉被泪水所润泽
歌声是悠远而充满抑郁

这是布谷鸟的呼唤，它看尽了人民所遭受的苦难，却依旧殷勤地呼唤，带给人们希望。

在江南，现在它又在呼唤了
“田里的水很多了
溪里的鱼都在跳跃了
连荠菜也长大了
忠实的人们啊
快快插秧吧……”啊

羊 群

小小的绿色的斜坡上
布满了白色的柔和的羊群
它们的身体慢慢地移动
慢慢地涌着柔和的波浪

诗人用文字的画笔绘出了一幅色彩柔和的油画，在以绿色为主色调的画面上点缀着白色。

静中有动，充满生命力。

它们一边走一边吃草
静寂里发出细微而愉快的声音

羔羊在鸣叫母羊在应和
晴空里浸沐爱情

黄昏，阳光在它们的背上
披上了崭新的和平

黄昏，一抹阳光洒下，让整个画面有层次，有变化，给人以和谐、明快之感。

旗

鲜艳的红色的方布上
缀着金色的斧头镰刀
被阳光浸浴着
被风吹拂着
旗，庄严地飘荡着
在亚洲的广阔的土地上

这鲜艳的、浸浴在阳光下的、鲜红的、缀着镰刀的旗的背后是无数人的血泪，它欣喜地飘荡在中国的土地上，它象征着为了人类理想而奋斗甚至失去生命的每一个革命者，象征着战斗在中华大地的中国共产党。

人类解放的信号
旧世界崩坍的标记
眼泪所栽培的欢笑
血所灌溉的花朵

旗，欣喜地飘荡着

在中国的古老的土地上

一九四二年四月

献给乡村的诗

我的诗献给中国的一个小小的乡村——
它被一条山岗所伸出的手臂环护着。
山岗上是年老的常常呻吟的松树；
还有红叶子像鸭掌般撑开的枫树；
高大的结着戴帽子的果实的榉子树
和老槐树，主干被雷霆劈断的老槐树；
这些年老的树，在山岗上集成树林，
荫蔽着一个古老的乡村和它的居民。

开篇点题。这是一首献给中国的小小的乡村的诗，是诗人献给家乡的诗。

诗人从乡村所处的地理环境开始写起，运用了一系列生动细致的比喻描绘了山冈上的树，给人一种深沉、厚重的感觉，诗人情感的阀门也由此打开。

我想起乡村边上澄清的池沼——
它的周围密密地环抱着浓绿的杨柳，
水面浮着菱叶、水葫芦叶、睡莲的白花。
它是天的忠心的伴侣，映着天的欢笑和愁苦；
它是云的梳妆台，太阳、月亮、飞鸟的镜子；
它是群星的沐浴处，水禽的游泳池；
而老实又庞大的水牛从水里伸出了头，
看着村妇蹲在石板上洗着蔬菜和衣服。

运用了比喻的修辞手法，把“澄清”的池沼比喻成了忠心的伴侣，云的梳妆台，群星的沐浴处，水禽的游泳池，生动形象地写出了池水的清澈、宁静，也写出了诗人对于家乡景物的特有的情感。

我想起乡村里那些幽静的果树园——
园里种满桃子、杏子、李子、石榴和林檎，
外面围着石砌的围墙或竹编的篱笆，
墙上和篱笆上爬满了茑萝和纺车花：
那里是喜鹊的家，麻雀的游戏场；
蜜蜂的酿造室，蚂蚁的堆货栈；
蟋蟀的练音房，纺织娘的弹奏处；
而残忍的蜘蛛偷偷地织着网捕捉蝴蝶。

我想起乡村路边的那些石井——
青石砌成的六角形的石井是乡村的储水库，
汲水的年月久了，它的边沿已刻着绳迹。
暗绿而濡湿的青苔也已长满它的周围，
我想起乡村田野上的道路——
用卵石或石板铺的曲折窄小的道路，
它们从乡村通到溪流、山岗和树林，
通到森林后面和山那面的另一个乡村。

我想起乡村附近的小溪——
它无日无夜地从远方引来了流水
给乡村灌溉田地、果树园、池沼和井，
供给乡村上的居民们以足够的饮料；
我想起乡村附近小溪上的木桥——
它因劳苦消瘦得只剩了一副骨骼。
长年地赤露着瘦长的腿站在水里，
让村民们从它驼着的背脊上走过。

> 诗歌的前半部分，诗人细致地描绘了池沼、果树园、石井、道路、小溪、木桥等乡村明丽的风光。试着选一处进行赏析。

我想起乡村中间平坦的旷场——
它是村童们的竞技场，角力和摔跤的地方，
大人们在那里打麦，掼[①]豆，扬谷，筛米……
长长的横竹竿上飘着未干的衣服和裤子；
宽大的地席上铺晒着大麦、黄豆和荞麦；
夏天晚上人们在那里谈天、乘凉，甚至争吵，
冬天早晨在那里解开衣服找虱子、晒太阳；
假如一头牛从山崖跌下，它就成了屠场。

> 由写景过渡到写人。与乡村景色形成强烈对比的是生活在这里的人。

我想起乡村里那些简陋的房屋——
它们紧紧地挨挤着，好像冬天寒冷的人们，
它们被柴烟薰成乌黑，到处挂满了尘埃，
里面充溢着女人的叱骂和小孩的啼哭；
屋檐下悬挂着向日葵和萝卜的种子，

> 与前文“浓绿”的杨柳，睡莲的“白花”的明丽色彩不同，房屋是“乌黑”的，挂满了尘埃的，是暗淡的，给人以沉重之感。

① 掼（guàn）：扔、掷。

和成串的焦红的辣椒，枯黄的干菜；
小小的窗子凝望着村外的道路，
看着山峦以及远处山脚下的村落。

我想起乡村里最老的老人——
他的须发灰白，他的牙齿掉了，耳朵聋了，
手像紫荆藤紧紧地握着拐杖，
从市集回来的村民高声地和他谈着行情；
我想起乡村里最老的女人——
自从一次出嫁到这乡村，她就没有离开过，
她没有看见过帆船，更不必说火车、轮船，
她的子孙都死光了，她却很骄傲地活着。

我想起乡村里重压下的农夫——
他们的脸像松树一样发皱而阴郁，
他们的背被过重的挑担压成弓形，
他们的眼睛被失望与怨愤磨成混沌；
我想起这些农夫的忠厚的妻子——
她们贫血的脸像土地一样灰黄，
她们整天忙着磨谷、舂米，烧饭，喂猪，
一边纳鞋底一边把奶头塞进婴孩啼哭的嘴。

这一组排比写了乡村农夫的外在形象：脸像松树一样发皱而阴郁，背是弓形的，眼光混沌。足见乡村农夫们生活的沉重，命运的悲苦。这一切是由什么造成的呢？

我想起乡村里的牧童们，
想起用污手擦着眼睛的童养媳们，
想起没有土地没有耕牛的佃户们，
想起除了身体和衣服之外什么也没有的雇农们，
想起建造房屋的木匠们、石匠们、泥水匠们，
想起屠夫们、铁匠们、裁缝们，
想起所有这些被穷困所折磨的人们——
他们终年劳苦，从未得到应有的报酬。

这首诗分段整齐，每一小节八行，而且每一句都比较长。诗人这么安排有什么用意吗？

我的诗献给乡村里一切不幸的人——
无论到什么地方我都记起他们，

记起那些被山岭把他们和世界隔开的人，
他们的性格像野猪一样，沉默而凶猛，
他们长久地被蒙蔽，欺骗与愚弄；
每个脸上都隐蔽着不曾爆发的愤恨；
他们衣襟遮掩着的怀里歪插着尖长快利的刀子，
那藏在套里的刀锋，期待着复仇的来临。

我的诗献给生长我的小小的乡村——
卑微的，没有人注意的小小的乡村，
它像中国大地上的千百万的乡村。
它存在于我的心里，像母亲存在儿子心里。
纵然明丽的风光和污秽的生活形成了对照，
而自然的恩惠也不曾弥补了居民的贫穷，
这是不合理的：它应该有它和自然一致的和谐：
为了反抗欺骗与压榨，它将从沉睡中起来。

一九四二年九月七日

形象地写出了诗人对故乡的那份深沉的爱。

家乡明丽的风光和污秽的生活形成了对照，这是不合理的。诗歌的最后诗人充满信心的指出：它将从沉睡中起来。情绪昂扬，具有深远的社会意义。

阅读札记

精华点评

20世纪40年代，是抗日战争和解放战争时期。诗人漂泊在战争的炮火中，他以一颗悲悯的心，牵挂着下层人民的悲苦生活。《旷野》《山毛榉》《农夫》《土地》《旷野（又一章）》《献给乡村的诗》等诗以旷野、土地、乡村等与土地相关的意象写出了诗人对中国农民苦难生存状况的忧郁，凝聚着诗人对土地、对祖国的深沉的爱。

诗人始终坚信自己站在一个历史新纪元的门槛上，因此他的很多诗歌中也洋溢着昂扬进取、乐观向上的精神。如《太阳》《初夏》《黎明的通知》《秋天的早晨》《太阳的话》《给太阳》等诗以太阳、黎明、早晨等与太阳相关的意象歌颂光明。诗人坚信革命必将胜利，光明终将到来。

延伸思考

意象是诗中寄寓了诗人主观情感的事物，读诗要透过诗歌的意象理解它的深层内涵。艾青的诗歌中有着丰富的意向，阅读诗人20世纪40年代的作品，仿照下面示例，找出诗歌中令你印象深刻的意象，完成下面表格。

诗歌	意象	蕴含的情感
例：《黎明的通知》	黎明	对解放区朝气蓬勃生活的希冀，对未来美好生活的期待

知识链接

1. 艾青的诗往往以意象取胜，注重将诗情转化为具体可感的审美意象，借助意象深入表现生活和抒发情感，而不是由作者在诗中直抒胸臆，这就避免了诗歌流于口号的倾向。艾青在《诗论》中说：诗应该“用可感触的意象去消泯朦胧暗晦的隐喻”，“意象是诗人从感觉向他所采取的材料的拥抱，是诗人唤醒感觉感官向题材的迫近”。在诗歌创作中，艾青恪守着“诗人要忠于自己的感受”和“诗只有通过形象思维的方法才能产生持久的美丽”的主张，他努力寻觅具体的、鲜明的、生动的艺术形象来表达自己的思想和激情。（《艾青诗歌的抒情特色》黄良才）

2. 意象：意象其实就是客观物象经过创作主体独特的情感活动而创造出来的一种艺术形象。简单地说，意象就是寓“意”之“象”，就是用来寄托主观情思的客观物象。中国古典诗歌中就有很多意象，如代表高洁的松梅竹菊、寄托乡思的月亮、寓意离别的长亭和杨柳等。了解诗歌中的意象，有助于同学们理解诗歌的内涵。

土地和太阳是艾青诗歌中经常出现的意象，土地系列意象热衷于抒写土地崇拜与爱国情结，在表达悲哀和憔悴的同时展现战争年代的种族记忆与民族觉醒；太阳系列意象则倾向于追求光明与精神求索，以诗歌唱出时代的呼声，同时潜含政治隐喻与民族性格，体现出作者与祖国和人民风雨同舟的信念。（《艾青诗歌“土地”“太阳”意象研究》龚平）

第三章　20世纪50、70年代作品

导　读

随着新中国的建立，全国上下沉浸在一片欢快的气氛之中。这一时期，诗歌主题集中在表现劳动人民和普通群众的新生活上，描绘祖国欣欣向荣的面貌。阅读过程中，观察这一时期的诗歌在节奏、情感、语言风格上与其他时期有何不同。

新时期的艾青在回归之后，诗歌更加浓郁醇香，散发出一种苦难之后的美。诗风变得更整齐，诗情变得更深沉，诗意变得更警策。阅读这一时期的诗歌，注意品读字里行间饱含着的睿智，体会诗歌的理性美。

新的年代冒着风雪来了

> 外部气候恶劣，为下文做铺垫。

新的年代冒着风雪来了，
大路上扬起了一阵笑声……

他从烟火弥漫的前线来，
从岩石凿穿的坑道里来，
他的眼里有熬夜的血丝，
他的前额上刻上了皱纹；
敌人倾倒了成吨的钢铁，
但英雄的阵地毫不动摇——
在纵深百里的阵地后面，
有着伟大的祖国和人民。
战斗的岁月又过了一年，
新的年代含着微笑来了，
让我们乘着时间的列车，
走上我们的新的路程；
无边的大地覆盖着白雪，
静静地静静地等待春天，
当铁犁犁翻松软的土地，
原野将变成绿色的大海；
我们的道路多么宽阔，
通向新的城市和乡村，
自然正在改变着面貌，
到处都出现新的工程，
密密的钢骨织成大网，
不久将是无数新的工厂。
新的年代带来新的礼物，
这礼物就是新的希望：
我们要坚守每一个阵地，
像那上甘岭的英雄一样，
让我们的意志变成花岗岩，
把敌人打得跪在我们面前；
不要辜负这个伟大的时代，
这是一个英雄辈出的时代；
不要辜负我们伟大的祖国，
我们都是她的光荣的子民——
让我们胜利接连着胜利，
让我们永远在胜利中前进……

外貌描写，刻画出新时代人物饱经风霜。

“微笑”，体会其妙处。

此处省略号起到什么作用？

礁石[1]

“无休止”“扑”字凸显了海浪的汹涌。这样气势汹汹的“浪”却被“打成碎沫、散开”，足见礁石的力量。

一个浪，一个浪，
无休止地扑过来，
每一个浪都在它脚下
被打成碎沫、散开……

礁石坚强、勇敢，其实也是诗人坚忍不拔的自我精神写照。

它的脸上和身上
像刀砍过的一样
但它依然站在那里
含着微笑，看着海洋……

经历了巨大的磨难，礁石虽然伤痕累累，但它仍然微笑面对，对胜利仍充满信心。

一九五四年七月二十五日

① 写作背景：1954年，为新中国社会主义建设时期，百废待兴。中国人民在这样一个新的历史时期，与战争时期同样需要精神上的鼓舞。《礁石》应时而生，实实在在地鼓舞了几代中国人。

启明星

属于你的是
光明与黑暗交替
黑夜逃遁
白日追踪而至的时刻

时代转折的关键时刻。启明星依然坚守自己的岗位。

群星已经退隐
你依然站在那儿
期待着太阳上升

诗人仅仅写“群星退隐”？联系“启明星”的意象，想想“群星退隐”还有什么寓意？

被最初的晨光照射
投身在光明的行列
直到谁也不再看见你

愿意牺牲自己，向往光明的世界。贡献光明，不求回报。

一九五六年八月

鸽　哨[1]

极其亮丽的色彩之美，意境恬静优美，读后给人以审美的快感。

北方的晴天
辽阔的一片
我爱它的颜色
比海水更蓝

多么想飞翔
在高空回旋
发出醉人的呼啸
声音越传越远……

赞美北方晴天的辽阔深远，抒发了对新中国的热爱、对新生活的向往之情。

要是有人能领会
这悠扬的旋律
他将更爱这蓝色
——北方的晴天

一九五六年

① 本诗写于中华人民共和国成立初期，此阶段艾青的诗歌主要赞颂新中国的光明，讴歌祖国的独立和人民的解放，并着重探索人的心灵美，更多地从人的精神生活角度来捕捉形象，抒唱生活。此诗也不例外。

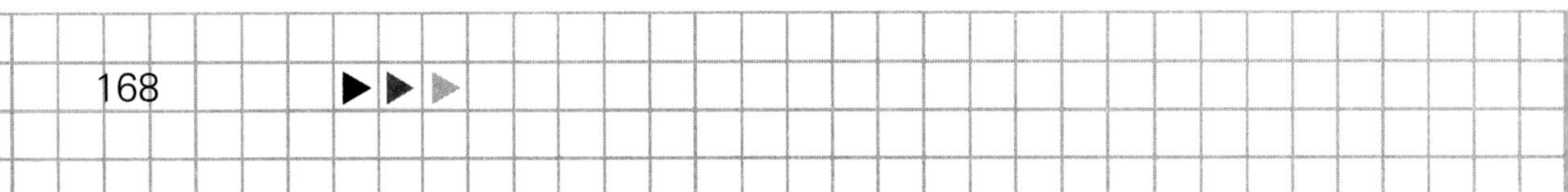

下雪的早晨

雪下着，下着，没有声音，
雪下着，下着，一刻不停，
洁白的雪，盖满了院子，
洁白的雪，盖满了屋顶，
整个世界多么静，多么静。

山川、河流、大地和房屋都笼罩在大雪之中，万籁俱静。

看着雪花在飘飞，
我想得很远，很远，
想起夏天的树林，
树林里的早晨，
到处都是露水，
太阳刚刚上升，
一个小孩，赤着脚，
从晨光里走来，
他的脸像一朵鲜花，

雪世界，洁白、安静，一下子把诗人的思绪拉到了“很远，很远”，展开了诗歌的主体内容。

他的嘴发出低低的歌声，
他的小手拿着一根竹竿，
他仰起小小的头，
那双发亮的眼睛，
透过浓密的树叶
在寻找知了的声音……

这种自由自在、无忧无虑的童年生活，是诗人的向往，也是我们每个人的向往。

他的另一只小手，
提了一串绿色的东西，
——一根很长的狗尾草，

结了蚂蚱[1]、金甲虫和蜻蜓，
这一切啊，
我都记得很清。

童年已经远去，长大的我们还可以回到童年吗？还能回到过去吗？

我们很久没有到树林里去了，
那儿早已铺满了落叶，
也不会有什么人影；
但我一直都记着那个小孩，
和他的很轻很轻的歌声，
此刻，他不知在哪间小屋里。

“他”不仅是一个儿童，更是一去不复返的童年。诗人对童年充满了怀念、向往之情。

看着不停地飘飞着的雪花，
或许想到树林里去抛雪球，
或许想到湖上去滑冰，
他决不会知道
有一个人想着他，
就在这个下雪的早晨。

一九五六年十一月十七日

① 蚂蚱（mà zha）：蝗虫的俗称。

帐 篷

哪儿需要我们，
就在哪儿住下，
一个个帐篷，
是我们流动的家；

“我们”是谁？

荒原最早的住户，
野地最早的人家，
我们到了哪儿，
就激起了喧哗；

虽然条件艰苦，创业艰难，但他们为这带来了繁华，彰显了“我们”怎样的精神品质？

探索大地的秘密，
要把宝藏开发，
架大桥、修铁路，
盖起高楼大厦；

任凭风吹雨打，
我们爱自己的家，
它是这样锐敏
反映祖国的变化；

“任凭风吹雨打”，风餐露宿也不退缩，源于对家的热爱，对祖国的热爱。

换一个工地，
就搬一次家，
带走的是荒凉，
留下的是繁华。

帐篷是伟大的，工人是伟大的。帐篷象征了默默耕耘、无私奉献、不怕风吹雨打的吃苦耐劳的精神。“荒凉”与“繁华”对比，抒发了诗人对建设者的敬仰之情。

一九五八年

鱼化石

在成为化石之前，鱼的生命是如此鲜活。鱼的这种健康快乐和自由的生命情态可以让我们联想起什么？

动作多么活泼，
精力多么旺盛，
在浪花里跳跃，
在大海里浮沉；

写出鱼遭遇到不可抗的力量而失去自由、失去生命，留下了能量不能发挥的遗憾。

不幸遇到火山爆发
也可能是地震，
你失去了自由，
被埋进了灰尘；

过了多少亿年，
地质勘探队员，
在岩层里发现你，
依然栩栩如生。

尽管作为物质生灵形体是完整的，却“连叹息也没有”，有的只是沉默，曾经活跃的情态已经定格，生命的内蕴已经抽空。与上文鲜活的鱼形成了鲜明的对比。

但你是沉默的，
连叹息也没有，
鳞和鳍[①]都完整，
却不能动弹；

这种缺乏生命灵动、徒具形式的完整又有何意义？在莫大的天灾人祸面前，人类往往显得异常渺小和脆弱。

你绝对的静止，
对外界毫无反应，
看不见天和水，
听不见浪花的声音。

① 鳍：鱼鳍，鱼鳍是鱼的运动器官，包括背鳍、胸鳍、腹鳍、臀鳍和尾鳍。

凝视着一片化石，
傻瓜也得到教训：
离开了运动，
就没有生命。

当我们目睹一个活泼的生命突然覆灭，除了深切的哀婉与沉痛的祭奠，还有反思。

活着就要斗争，
在斗争中前进，
即使死亡，
能量也要发挥干净。

诗人对无辜的鱼儿进行祭奠，也是在对自我生命进行悼惜，同时也告诉我们：生命来自运动，斗争显示生存，这是亘古不变的生命逻辑。

一九七八年

伞

拟人手法，写出了伞的特征——在人们头上遮雨挡云。

早上，我问伞：
“你喜欢太阳晒
还是喜欢雨淋？”

伞笑了，它说：
“我考虑的不是这些。”

伞自述，卒章显志，升华了诗歌的主题：赞美社会中像“伞”一样全心全意为人民服务的人，赞颂可贵的奉献精神。

我追问它：
“你考虑些什么？”

伞说：
“我想的是——
雨天，不让大家衣服淋湿；
晴天，我是大家头上的云。”

一九七八年

镜　子

仅只是一个平面
却又是深不可测

对比，前者一目了然，后者却又无法把握；前者是纯粹表象的写实，后者却是深层蕴含的开掘。

它最爱真实
决不隐瞒缺点

它忠于寻找它的人
谁都从它发现自己

平面反射，直来直去，毫无掩饰，这就是真实。在它面前，谁都能够看清自我，不论是沉醉后的红颜，还是岁月老去的白发。

或是醉后酡[1]颜
或是鬓如霜雪

有人喜欢它
因为自己美

有人躲避它
因为它直率

甚至会有人
恨不得把它打碎

一九七八年

① 酡（tuó）：喝了酒脸色发红。

光的赞歌

一

每个人的一生
不论聪明还是愚蠢
不论幸福还是不幸
只要他一离开母体
就睁着眼睛追求光明

写出了人们对光本能的追求和渴望。

世界要是没有光
等于人没有眼睛
航海的没有罗盘
打枪的没有准星
不知道路边有毒蛇
不知道前面有陷阱

运用假设，从反面来说明强调“光”对世人的重要性。

世界要是没有光
也就没有杨花飞絮的春天
也就没有百花争妍的夏天
也就没有金果满园的秋天
也就没有大雪纷飞的冬天

排比手法，“世界要是没有光”，就没有四季的美。以否定强调肯定，从时令角度入手，突出了光的重要性。

世界要是没有光
看不见奔腾不息的江河
看不见连绵千里的森林
看不见容易激动的大海
看不见像老人似的雪山

要是我们什么也看不见
我们对世界还有什么留念

再一次总结强调了光对我们生命的重要性。

二

只是因为有了光
我们的大千世界
才显得绚丽多彩
人间也显得可爱

光给我们以智慧
光给我们以想象
光给我们以热情
创造出不朽的形象

直接写出了光会带给我们的抽象情感。

那些殿堂多么雄伟
里面更是金碧辉煌
那些感人肺腑的诗篇
谁读了能不热泪盈眶

“光”的奇幻作用：让世界变得绚丽多彩，让殿堂变得金碧辉煌，让大理石变得温暖，让画作变得更加传神。

那些最高明的雕刻家
使冰冷的大理石有了体温
那些最出色的画家
描出了色授魂与的眼睛

大量例子形成排比，写出了光在艺术上的重要作用。

比风更轻的舞蹈
珍珠般圆润的歌声
火的热情、水晶的坚贞
艺术离开光就没有生命
山野的篝火是美的
港湾的灯塔是美的

列举生活或自然中光的具体表现形式，一切有“光”的景色都是“美的”。

夏夜的繁星是美的
庆祝胜利的焰火是美的
一切的美都和光在一起

三

这是多么奇妙的物质
没有重量而色如黄金
它可望而不可即
漫游世界而无体形
具有睿智而谦卑
它与美相依为命

这是对自然之光的解释，但也意味着社会的发展、人类的进步也依赖于光。

诞生于撞击和摩擦
来源于燃烧和消亡的过程
来源于火、来源于电
来源于永远燃烧的太阳

从科学的角度归纳伟大的光来源于太阳，强调地球上的万物都要依赖于光。

太阳啊，我们最大的光源
它从亿万万里以外的高空
向我们居住的地方输送热量
使我们这里滋长了万物
万物都对它表示景仰
因为它是永不消失的光

真是不可捉摸的物质——
不是固体、不是液体、不是气体
来无踪、去无影、浩渺无边
从不喧嚣、随遇而安
有力量而不剑拔弩张
它是无声的威严

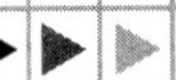

它是伟大的存在
它因富足而能慷慨
胸怀坦荡、性格开朗
只知放射、不求报偿
大公无私、照耀四方

这是诗人对伟大之光的热情讴歌。诗人由自然之光写到“胸怀坦荡”“大公无私”“不求报偿”的奉献之光，即社会的科学民主之光。“光”，是科学与民主的象征。

四

但是有人害怕光
有人对光满怀仇恨
因为光所发出的针芒
刺痛了他们自私的眼睛

历史上的所有暴君
各个朝代的奸臣
一切贪婪无厌的人
为了偷窃财富、垄断财富
千方百计想把光监禁
因为光能使人觉醒

揭露历史上那些害怕光、仇恨光、“监禁”光的迫害者们的恶行。

凡是压迫人的人
都希望别人无能
无能到了不敢吭声
让他们把自己当作神明

凡是剥削人的人
都希望别人愚蠢
愚蠢到了不会计算
一加一等于几也闹不清

邪恶势力害怕使人觉醒的“光”会威胁其奴役别人的目的，而不断对其打压，企图继续开展消灭人类的光明事业。

他们要的是奴隶
是会说话的工具
他们只要驯服的牲口
他们害怕有意志的人

他们想把火扑灭
在无边的黑暗里
在岩石所砌的城堡里
永远维持血腥的统治

他们占有权力的宝座
一手是勋章、一手是皮鞭
一边是金钱、一边是锁链
进行着可耻的政治交易
完了就举行妖魔的舞会
和血淋淋的人肉的欢宴

回顾人类的历史
曾经有多少年代
沉浸在苦难的深渊
黑暗凝固得像花岗岩
然而人间也有多少勇士
用头颅去撞开地狱的铁门

时代呼唤勇士奋不顾身、前赴后继去托起经历漫长黑夜后喷涌而出的太阳。

光荣属于奋不顾身的人
光荣属于前赴后继的人

暴风雨中的雷声特别响
乌云深处的闪电特别亮
只有通过漫长的黑夜
才能喷涌出火红的太阳

大力赞扬了为追求光而前仆后继的人们，使人相信哪里的压迫越强，反抗就越强。通向自由民主的道路是漫长的，但冲破黑暗就可以看见光明。

五

愚昧就是黑暗
智慧就是光明
人类从愚昧中过来
那最先去盗取火的人
是最早出现的英雄
他不怕守火的鹫鹰
要啄掉他的眼睛
他也不怕天帝的愤怒
和轰击他的雷霆
于是光不再被垄断
从此光流传到人间

列举了希腊神话普罗米修斯偷火的故事，写出火的起源，并赞扬了普罗米修斯的勇敢无畏。

我们告别了刀耕火种
蒸汽机带来了工业革命
从核物理诞生了原子弹
如今像放鸽子似的
放出了地球卫星……
光把我们带进了一个
光怪陆离的世界：
X光，照见了动物的内脏
激光，刺穿优质钢板
光学望远镜，追踪星际物质
电子计算机
把我们推向了二十一世纪

然而，比一切都更宝贵的
是我们自己的锐利的目光
是我们先哲的智慧的光
这种光洞察一切、预见一切

可以透过肉体的躯壳
看见人的灵魂

看见一切事物的底蕴
一切事物内在的规律
一切运动中的变化
一切变化中的运动
一切的成长和消亡
就连静静的喜马拉雅山
也在缓慢地继续上升

认识没有地平线
地平线只能存在于停止前进的地方
而认识却永无止境
人类在追踪客观世界中
留下了自己的脚印

人们在实践中观察、思考、认识客观世界。

实践是认识的阶梯
科学沿着实践前进
在前进的道路上
要砸开一层层的封锁
要挣断一条条的铁链
真理只能从实践中得以永生

六

光从不可估量的高空
俯视着人类历史的长河
我们从周口店到天安门
像滚滚的波涛在翻腾
不知穿过了多少的险滩和暗礁

我们乘坐的是永不沉没的船
从天际投下的光始终照引着我们……

我们从千万次的蒙蔽中觉醒
我们从千万种的愚弄中学得了聪明
统一中有矛盾、前进中有逆转
运动中有阻力、革命中有背叛

甚至光中也有暗
甚至暗中也有光
不少丑恶与无耻
隐藏在光的下面
毒蛇、老鼠、臭虫、蝎子
和许多种类的粉蝶——
她们都是孵化害虫的母亲
我们生活着随时都要警惕
看不见的敌人在窥伺着我们
然而我们的信念
像光一样坚强——
经过了多少浩劫之后
穿过了漫长的黑夜
人类的前途无限光明、永远光明

诗人对现实进行剖析，前进的道路是曲折的，但前途是光明的。

七

每一个人都是一个生命
人世银河星云中的一粒微尘
每一粒微尘都有自己的能量
无数的微尘汇集成一片光明
每一个人既是独立的
而又互相照耀

运用暗喻，描述在追求"光"的斗争中，诗人并不忽略个人的作用，也强调了更重要的是群体的力量。

在互相照耀中不停地运转
和地球一同在太空中运转
我们在运转中燃烧
我们的生命就是燃烧
我们在自己的时代
应该像节日的焰火
带着欢呼射向高空
然后迸发出璀璨的光

即使我们是一支蜡烛
也应该“蜡炬成灰泪始干”
即使我们只是一根火柴
也要在关键时刻有一次闪耀
即使我们死后尸骨都腐烂了
也要变成磷火在荒野中燃烧

八

作为一个微不足道的人
天文学数字中的一粒微尘
即使生命像露水一样短暂
即使是恒河岸边的一粒细沙
也能反映出比本身更大的光
我也曾经用嘶哑的喉咙歌唱
在不自由的岁月里我歌唱自由
我是被压迫的民族，我歌唱解放
在这个茫茫的世界上
为被凌辱的人们歌唱
为受欺压的人们歌唱
我歌唱抗争，歌唱革命
在黑夜把希望寄托给黎明

在胜利的欢欣中歌唱太阳

我是大火中的一点火星
趁生命之火没有熄灭
我投入火的队伍、光的队伍
把“一”和“无数”融合在一起
为真理而斗争
和在斗争中前进的人民一同前进
我永远歌颂光明
光明是属于人民的
未来是属于人民的
任何财富都是人民的
和光在一起前进
和光在一起胜利
胜利是属于人民的
和人民在一起所向无敌

诗人直言：“这第八章是给自己写的，这等于是我的宣言。”歌唱自由，歌唱解放，歌唱光明，诗人愿永远和人民一起前进、一起追求胜利。

九

我们的祖先是光荣的
他们为我们开辟了道路
沿途留下了深深的足迹
每一足迹里都有血迹

现在我们正开始新的长征
这个长征不只是二万五千里的路程
我们要逾越的也不只是十万大山
我们要攀登的也不只是千里岷山
我们要夺取的也不只是金沙江、大渡河
我们要抢渡的是更多更险的渡口
我们在攀登中将要遇到

更大的风雪、更多的冰川……

但是光在召唤我们前进
光在鼓舞我们、激励我们
光给我们送来了新时代的黎明
我们的人民从四面八方高歌猛进
让信心和勇敢伴随着我们
武装我们的是最美好的理想
我们是和最先进的阶级在一起
我们的心胸燃烧着希望
我们前进的道路铺满阳光

连续运用“让我们……”的排比句式，表现了诗人无比兴奋的心情。这是心灵的呐喊：对祖国的现实和未来进行描绘。

让我们的每个日子
都像飞轮似的旋转起来
让我们的生命发出最大的能量
让我们像从地核里释放出来似的
极大地撑开光的翅膀
在无限广阔的宇宙中飞翔

让我们以最高的速度飞翔吧
让我们以大无畏的精神飞翔吧
让我们从今天出发飞向明天
让我们把每个日子都当作新的起点

或许有一天，总有一天
我们这个古老的民族
我们最勇敢的阶级
将接受光的邀请
去叩开千万重紧闭的大门
访问我们所有的芳邻

让我们从地球出发

飞向太阳……

> 把时间和地域拉向宽广的未来，这是民族的未来。

一九七八年八月—十二月

阅读札记

精华点评

中华人民共和国成立后艾青的诗歌创作可分为20世纪50年代前期和新时期两个时段。前一时段以颂歌、哲理小诗和国际题材诗为主。后一时段虽不再写颂诗，但哲理小诗与国际题材诗仍在延续，并增加了抒情与叙事长诗写作，进而增强了诗人对社会、历史和人生的深刻的反思，具有更为深广的思想内涵和审美价值，为当代中国诗歌的发展做出了重要贡献。

艾青对新中国成立初诗坛的贡献还表现在咏物小诗的写作上。早在抗战时期，艾青就写了大量优秀的咏物诗，像《骆驼》《树》《山毛榉》《风的歌》《桥》和《手推车》等。新中国成立后，艾青又在新的历史条件下写起了咏物抒怀的哲理小诗，如《礁石》《鸽哨》《启明星》等。这些小诗因从个性出发，抒写诗人自己的人生感慨与人格追求，艺术技巧也臻于成熟，所以显得很有诗意。

延伸思考

艾青的诗歌，一个标点、一段文字、一个哲理，都带给了我们温暖、感动、慰藉和启迪。它们值得我们记录，也值得我们思索。请在这里写下你读完20世纪50—70年代诗歌的疑惑，并写下你是通过什么方式解决了疑惑，得到的答案是什么。

1. 疑惑：________

解决方式：________

答案：________

2. 疑惑：________

解决方式：________

答案：________

3. 疑惑：

解决方式：

答案：

知识链接

1957年艾青被错划为“右派”，先后被发配到北大荒和新疆石河子垦区，一去21年，尝尽了人间苦难。然而他诗心未泯，1978年4月30日在《文汇报》上发表《红旗》一诗，宣告诗人艾青在遭受了长期的流放生涯后，又唱着《归来的歌》重返诗坛了。他在短短几年的时间里，就以火一样的激情写了许多优秀作品，又一次在新诗坛上引起强烈反响。艾青“归来”后，最先引起强烈反响的是《在浪尖上》《光的赞歌》和《古罗马的大斗技场》等几首长诗。这类诗具有鲜明的思想倾向性，或控诉“四人帮”草菅人命的罪恶，或鞭挞一切剥削阶级的奴隶主意识，或抒写对真理之光至死不渝的献身情怀等，都以诗人独特的节奏与旋律奏出了时代的最强音，显示出对人类社会历史极强的思辨色彩。接着，因出访活动的增加，艾青又第三次写起了国际题材的诗，这些诗多写现代大都市，如写法国的《红色磨坊》《巴黎》《巴黎，我心中的城》，写美国的《百老汇舞蹈》《芝加哥》《纽约》《洛杉矶》《旧金山》，还有写欧洲、日本及中国的《墙》《慕尼黑》《维也纳的鸽子》《罗马在沉思》《银座》《大上海》和《香港》等。这些作品，无论从都市意识、城市感觉，还是以艺术感知方式和整合都市的能力诸方面看，都足以代表新时期都市诗创作的最高水准。新时期艾青还写了大量的咏物诗，无论从数量还是质量上都超过了新中国成立初期，可与抗战时期等量齐观，取材也相当广泛。不仅沿袭了以往的各种类型，而且还写了不少文体方面的小诗，像《小泽征尔》《欧罗巴圆舞曲》《平衡木》《自由体操》《跳水》《花样滑冰》等，这类诗巧用比喻与素描，写得轻灵优美，给人音、形、色与力的多方面审美享受，像《墙》《盆景》《伞》《镜子》等则有了极深沉的人生感慨与寄托，具有很高的审美价值。总体看来，艾青新时期的诗虽没有早期诗作那种强烈的情感撞击力，但诗人密切关注时代生活，对社会、历史和人生进行感同身受式的剖析与思考，议论与抒情融合，歌颂与暴露交错，构成艾青新时期诗歌博大深邃的艺术境界。